원리

햄릿(포켓북시리즈)

초판 1쇄 발행 2021년 10월 5일
초판 2쇄 발행 2024년 7월 1일

지은이 윌리엄 셰익스피어
옮긴이 하소연
펴낸이 남기성

펴낸곳 주식회사 자화상
인쇄,제작 데이타링크
출판사등록 신고번호 제 2016-000312호
주소 경기도 고양시 덕양구 꽃마을로 34, 1006호,1007호(향동동, DMC스타팰리스
대표전화 (070) 7555-9653
이메일 sung0278@naver.com

ISBN 979-11-91200-40-9 00840

햄릿

윌리엄 셰익스피어 지음

하소연 옮김

자화상

차례

등장인물 … 6

제1막

제1장 엘시노어 성벽의 감시 초소 … 11

제2장 성 안 … 23

제3장 성 안, 폴로니어스의 저택 … 42

제4장 성 위의 망대 … 52

제5장 성 위의 흉벽제 … 59

제2막

제1장 성 안, 폴로니어스의 저택 … 75

제2장 성 안 … 84

제3막

제1장 궁정 안 … 129

제2장 궁정 안 … 144

제3장 궁정 안 … 176

제4장 왕비의 내실 … 184

제4막

제1장 왕비의 내실 … 203

제2장 궁정 안 … 207

제3장 궁정 안 … 210

제4장 성에 가까운 덴마크 해안 … 216

제5장 궁정 안 … 222

제6장 궁정 안 … 239

제7장 궁정 안 … 242

제5막

제1장 묘지 … 259

제2장 궁정 안 … 281

작품 해설 … 313

작가 연보 … 324

등장인물

햄릿 : 덴마크 왕자

유령 : 햄릿 아버지의 혼령

클로디어스 : 덴마크 왕, 햄릿의 숙부

거트루드 : 왕비, 햄릿의 어머니, 숙부의 아내

폴로니어스 : 재상

레어티즈 : 폴로니어스의 아들

오필리어 : 폴로니어스의 딸

레이날도 : 폴로니어스의 하인

바나도 : 궁정의 근위대

마셀러스 : 궁정의 근위대

프란시스코 : 궁정의 근위대

호레이쇼 : 햄릿의 친구

볼티맨드 : 덴마크의 사절

코넬리어스 : 덴마크의 사절

포틴브라스 : 노르웨이 왕자

영국 사신

두 광대

배우들

신사

제1막

제1장 엘시노어 성벽의 감시 초소

두 보초, 프란시스코와 바나도 등장.

바나도   거기 누구요?

프란시스코   내가 묻는다. 서라, 신분을 밝혀라.

바나도   국왕 만세!

프란시스코   바나도인가?

바나도   응, 날세.

프란시스코   교대 시간에 딱 맞춰 왔군.

바나도   막 12시가 됐어. 가서 눈 좀 붙이게. 프란
시스코.

프란시스코 고맙네. 끔찍하게 추운 날씨야. 마음
　　　까지 울적해지네.

바나도 보초 근무 중 이상 없었나?

프란시스코 쥐새끼 한 마리도 얼씬거리지 않았네.

바나도 그럼, 가보게.

　　　호레이쇼와 마셀러스를 만나거든
　　　빨리 오라고 하고, 나와 같이 보초를 서기로 했
　　　다네.

　　　　　　호레이쇼와 마셀러스 등장.

프란시스코 오는 소리가 들리는데. 멈춰라. 거기
　　　누구냐?

호레이쇼 이 나라의 친구.

마셀러스 덴마크 왕의 충복이오.

프란시스코 그럼 수고들 하시게.

마셀러스 잘 가게, 프란시스코. 누가 교대했지?

프란시스코 바나도일세. 밤새 무사하시게.

프란시스코 퇴장.

마셀러스 여보게, 바나도!

바나도 여기 있네, 호레이쇼도 왔나?

호레이쇼 그렇다네.

바나도 잘 왔네, 호레이쇼. 어서 와, 마셀러스.

호레이쇼 그게 오늘 밤에도 나타났나?

바나도 아직은 아무것도 못 봤네.

마셀러스 호레이쇼는 그게 우리의 환상에 불과하
다며

우리가 두 번이나 본 그 무서운 광경을 믿으려

하질 않네그려.

그래, 내 오늘밤 우리와 같이 철저히 망을 보자

고 간청했네.

그 유령이 또 나타나면 우리의 눈을 믿어줄 것

이고

말이라도 걸어볼 수 있겠지.

호레이쇼 쯧, 아무것도 나타나지 않을걸세.

바나도 좀 앉게나.

    자네의 그 틀어막힌 귓속을 다시 한 번 공격해봐
    야겠어.

    우리가 이틀 밤이나 본 걸 말해줄 테니 들어보게.

호레이쇼 그럼 앉아보세. 바나도의 말을 들어보
    자고.

바나도 바로 어젯밤.

    북두칠성에서 서쪽으로 보이는 저 별이

    지금 반짝이는 길을 따라 하늘을 밝히며

    마셀러스와 나를 비추었을 때

    마침 종이 1시를 쳤는데⋯⋯.

유령 등장.

마셀러스 쉿! 그만. 저것 봐. 그게 또 나타났어!

바나도 서거하신 국왕의 모습 그대로야.

마셀러스 자네는 학자니까, 호레이쇼, 말을 걸어봐.

바나도 선왕의 모습 그대로가 아닌가? 잘 보라

14

고. 호레이쇼.

호레이쇼 꼭 닮았어. 두렵고 놀라워 간담이 서늘해
지는데.

바나도 말을 걸어주길 바라는 것 같아.

마셀러스 말해보게, 호레이쇼.

호레이쇼 이 야심한 시각에 나타난 네 정체가 뭐냐?
이미 승천하신 선왕께서 진군하실 때의 모습으로
늠름하게 무장까지 하고.
하늘을 걸고 명령하니 답하라.

마셀러스 기분이 상했나 봐.

바나도 저런, 뒷걸음질치는데.

호레이쇼 멈춰라! 대답해라, 대답해. 명령이다.

유령 퇴장.

마셀러스 가버렸어. 대꾸하지 않을 거야.

바나도 저런, 호레이쇼. 자네 얼굴이 창백해져 떨
고 있군.

이래도 환상에 불과하다고 할 텐가.

자, 어떻게 생각하는가?

호레이쇼 정말이지, 이 두 눈으로 똑똑히 보지 않았다면

신에게 맹세코 믿을 수 없었을 거야.

마셀러스 선왕의 모습 그대로가 아닌가?

호레이쇼 마치 자네가 자신을 닮은 것처럼 말일세.
선왕께서 저 야심만만한 노르웨이 왕과 싸웠을 때
입었던 갑옷 그대로더군. 그리고 그 찌푸린 표정,
담판 중에 진노하여 썰매를 탄 폴란드 병사들을
빙판 위에 때려눕혔을 때
그 표정 그대로였어. 이상한 일이군.

마셀러스 그 유령은 벌써 두 번씩이나
만물이 잠든 바로 이 시각에 진군하듯
우리 초소를 지나갔네.

호레이쇼 뭐라 짚어서 말할 수는 없지만
대충 내 마음에 떠오르는 생각으로는
이 나라에 무슨 변고가 일어날 징조 같네.

마셀러스 자, 이제 앉아서 얘기나 좀 해주게.

무엇 때문에 밤마다 이리 엄격하고 철저히 경계해

백성을 괴롭히고 날마다 쇳물을 부어 대포를 만

들고

외국에서 무기를 사들이나.

왜 조선공들을 징발해서 쉬는 날도 주지 않고

혹사를 시키는 건가.

무엇 때문에 이리 밤낮을 가리지 않고

땀 흘리며 서두르느냔 말일세.

아는 사람은 얘기를 좀 해주게.

호레이쇼 내가 말해주겠네. 어쨌든 소문은 이렇

다네.

방금 우리 앞에 나타난 선왕께서는 자네들도 알

다시피

노르웨이의 포틴브라스 왕이 오만불손하게 도전

해 오자

당당히 맞서 싸우셨지.

그 전투에서 용맹스러운 우리의 햄릿 선왕(온 세

상이 그렇게 평하므로)께서 포틴브라스 왕을 베어
버렸단 말이야.
그리고 기사도의 법과 관례에 따라 맺은 계약대로
그의 목숨과 그가 소유한 영토는 승자에게 몰수
당했지.
상호 간에 명백히 결정한 조약에 따라
그쪽 땅은 선왕에게 넘어온 거야.
그런데 죽은 노르웨이 왕의 아들 젊은 포틴브라
스가
버릇이 없고 혈기에 넘쳐 노르웨이 변방 여기저
기서
먹을 것만 주면 무슨 짓이든 할 무뢰배들을 긁
어모아
흉계를 꾸미고 있다는 거야. 속셈은 뻔하지.
부친이 잃은 땅을
무력을 통해 되찾겠다는 의도가 분명하다는 말
일세.
이것이 우리가 전쟁을 대비하는 동기요,

망을 보는 원인이자, 온 나라가 부산하게 법석

이는 이유라네.

바나도 같은 생각이야. 나도 그것 말고는 다른 이

유가 없다고 보네.

선왕의 모습으로 보초를 선 우리 앞을 지나간

그 불길한 형체가 틀림없이

과거와 지금 이 두 전쟁과 관계가 있는 것 같아.

호레이쇼 티끌 하나로도 마음의 눈을 어지러이 한

다더니.

화려한 로마의 전성기, 위대한 카이사르가 쓰러

지기 직전에도

무덤은 그 주인을 잃고 수의를 걸친 유령들이

끽끽대고 수군거리며

로마의 거리에 쏟아져 나왔다는 거야.

별들은 불꼬리를 달고

핏빛 이슬이 내리고 태양은 빛을 잃었다지.

바다의 신 넵튠을 지배하는 달도 말세라는 듯

병이 들었다네.

운명을 알리는 전령처럼 흉조의 서곡처럼
하늘과 땅이 이 나라와 백성들에게 보여준 거야.

(유령 재등장.)

쉿, 저길 보게! 그게 다시 나타났네!
길을 막아보세! 내가 산산조각이 나더라도.

(유령이 양팔을 벌린다.)

말할 수 있거나 소리를 낼 수 있다면 말하라.
너의 마음을 진정시키고 내게도 도움 줄 수 있
다면 말하라.
미리 알면 피할 수도 있는 이 나라의 운명을
혼자 간직하고 있다면 말하라!
아니면 생전에 땅속 깊이 묻어둔 재물을 찾아
방황하는 거라면 말하라!

(닭이 운다.)

멈춰라! 말을 하라니까! 마셀러스! 길을 막게!

마셀러스 이 창으로 찌를까?

호레이쇼 그래, 서지 않는다면.

바나도 여기다!

호레이쇼   여기다!

마셀러스   사라졌어! 우리가 잘못했네.

(유령 퇴장.)

그렇게 위풍당당한 분을 난폭하게 대했으니.

공기처럼 해칠 수 없는 존재인데

우리의 헛된 공격만 꼴사납게 되었네.

바나도   막 입을 열려고 했는데 수탉이 울었어.

호레이쇼   닭이 울자 무서운 호출을 받은 죄인처럼

놀라더군.

새벽을 알리는 나팔수 닭이 그 높고 날카로운

목소리로

태양신을 깨운다는 말을 들었네, 그 소리에

바다와 불, 땅과 공중을 헤매던 유령들이

황급히 거처로 돌아간다더니

눈앞에서 바로 그 증거를 보았네.

마셀러스   닭이 울자 사라졌어.

구세주의 탄생을 축복하는 철이 되면

새벽닭이 운다지. 그러면 어떠한 유령도 감히

나타나지 못하고 밤중에도 안전하며
행성은 급살 못 내리고, 요정은 못 호리며
마녀도 마법의 힘을 상실한다는 게야.
성스럽고 자비로운 계절이지.

호레이쇼 나도 들은 얘기지만 반만 믿었지.
저기를 보게. 아침이 붉은 도포를 걸치고
저 높은 동쪽 언덕의 이슬을 밟으며 걸어오네.
보초는 그만 서게. 오늘밤
우리가 본 것을 햄릿 왕자님께 전하세.
그 유령이 우리에게는 침묵을 지켰지만
왕자님께는 말을 할 거야.
동의를 하겠지만 말씀드리는 것이
우리의 우정이요, 의무가 아니겠는가?

마셀러스 그렇게 하세. 아침에 어디에서 왕자님
을 쉽게 뵐 수 있는지
내가 아네.

모두 퇴장.

제2장 성안

왕의 행차를 알리는 나팔 소리.

(클로디어스 왕, 왕비 거트루드, 폴로니어스와 그
의 아들 레어티즈, 볼티맨드, 코넬리어스, 햄릿, 궁
신과 시종 등장.)

왕   친애하는 과인의 형님 햄릿 선왕의 기억이 아
직도 생생한 바
모두 가슴에 슬픔을 안고 온 왕국이 비탄의 주
름살을 찌푸리는 것이
마땅하지만 과인은 분별심으로 애끓는 마음을

이겨

내 지혜로운 슬픔으로 선왕을 애도하면서도

우리의 일도 생각하였소.

그래서 한때는 형수요, 지금은 왕비이며

당당한 이 나라의 왕권을 나와 같이 이어 갈 사

람을

아내로 맞이했으니, 이지러진 기쁨이라 해야 할지

한 눈에는 행복을 담고, 한 눈에는 눈물을 담아

축복으로 장례식을, 슬픔으로 결혼식을 거행하니

기쁨과 슬픔을 꼭 같이 저울질하는 심정이오.

이 일에 대해서는 경들의 슬기로운 충고를 막지

않았고

경들 모두 흔쾌히 동의해주었으니

이 모든 일에 감사할 뿐이오.

다음 일은 경들도 알 것이오.

젊은 포틴브라스는 우리를 얕잡아 보아

선왕의 서거로 이 나라가 혼돈에 빠질 거라 생각

했는지

자신이 우월한 입장에 있다는 허황한 꿈을 안고
법조문에 의해 그의 부친이 가장 용맹한 나의 친
형에게
빼앗긴 영토를 반환하라는 서신을 보내
우리를 괴롭히고 있소.
그자에 대해선 이만하기로 하고
과인은 이 자리에서 다음과 같이 일을 처리하려
하오.
여기 젊은 포틴브라스의 숙부가 되는 분으로
쇠약하여 요양 중이어서 조카의 음모를 거의 모
르고 있는
노르웨이 왕에게 보낼 친서가 있소.
노왕으로 하여금 포틴브라스의 모병과 군사 훈련을
제압해달라고 적었소.
여기 코르넬리우스 경과 볼티맨드 경을
친서를 전하는 사신으로 파견할 테니
회담에 임하고, 친서에 명시되어 있는

사항 이상의 권한은 부여되지 않았음을 명심하
시오.

잘 가시오. 서둘러 임무를 완수하시오.

코넬리어스, 볼티맨드 분부하신 대로,

어떤 일에도 충성을 다하겠습니다.

왕 믿어 의심하지 않겠소. 진심으로 잘 가시오.

　　　　　　(코르넬리우스, 볼티맨드 퇴장.)

자, 그럼 레어티즈, 무슨 일인가?

청이 있다 했는데, 그것이 무엇인가 레어티즈?

이치에 맞는 말이라면

덴마크의 왕이 들어주지 않을 리 없지.

네가 원하는 것이 있다면 간청하지 않아도

자진해서 들어줄 것이다.

머리와 심장이 하나이고 손과 입이 단짝이라 한들

덴마크의 왕좌와 너의 아버지와의 관계보다는

못할 게다.

청이 무엇인가, 레어티즈?

레어티즈 지엄하신 폐하.

26

소신을 프랑스로 돌아가게 허락해주십시오.

폐하의 대관식에 참관하고자 왔고 그 의무를 다

했으니

신의 마음은 이미 프랑스를 향하고 있습니다.

관용으로 소신의 출국을 허가해주십시오.

왕 부친의 허락은 받았는가? 경의 뜻은?

폴로니어스 폐하, 끈기 있게 졸라대어 허락을 받

았습니다.

계속되는 간청에 마지못해 동의를 표시해줬나

이다.

자식이 떠날 수 있도록 허락해주시기를 간청합

니다.

왕 좋은 때를 마음껏 즐기도록 해라, 레어티즈.

시간은 네 것이니 네 뜻대로 써라.

그건 그렇고,

나의 조카이자 아들인 햄릿.

햄릿 동족보단 좀 가깝고 동류라기에는 좀 멀구나.

왕 어찌하여 왕자는 아직도 구름에 싸여 있느냐?

햄릿 아닙니다. 오히려 태자라 태양빛을 너무 쬐
         고 있습니다.

왕비 착한 햄릿, 밤처럼 어두운 그림자를 버리고
         친구의 눈으로 정답게 덴마크 왕을 보도록 해라.
         계속 눈을 내리깔고 지하에 묻힌 고귀한 아버지
         만을 찾으려 말고.
         너도 알겠지만 모든 생명은 죽기 마련이고
         이승을 거쳐 영원으로 가는 것은 흔한 일이다.

햄릿 예, 왕비 마마. 흔한 일이지요.

왕비 그것이 왜 네게는 유독 유별나게 보이느냐?

햄릿 보인다고요, 마마? 아닙니다. 유별난걸요.
         저는 '보이는 것'만으로는 모릅니다. 어머니.
         이 검은 외투, 격식을 갖춘 엄숙한 상복,
         억지로 토해내는 듯한 한숨, 줄줄 흐르는 눈물,
         실의에 빠진 표정, 슬픔의 상징이라 할 모든 형
         식과
         기분과 모양새를 다 합쳐도
         저의 진심은 표현할 수 없습니다.

28

그런 것은 정말 '보이는 것'들이죠.

그건 누구나 꾸며낼 수 있는 행동이니까요.

그러나 제 속에는 겉으로 '보여줄 수 없는 것'들
이 있습니다.

이런 건 비통의 옷이고 장신구일 뿐입니다.

왕 아버지의 죽음에 애도의 의무를 성실히 수행
함은

왕자의 본성이 어질고 훌륭한 탓이다.

그러나 너의 아버지도 아버지를 잃었고

그 아버지도 또 그 아버지를 잃었다.

살아남은 아들이 얼마간 애도를 표하는 것은

자식으로서 효성을 다하는 일이지만 완고하게

애도를 고집하는 일은 불경하게 고집부리는 일
이요.

사내답지 못한 슬픔이다.

그것은 하늘을 거역하는 일이고 마음 약하고 조
급한 소치이며

우둔하고 배우지 못한 행위라고 볼 수밖에 없구나.

피할 수 없고 누구나 다 아는 흔해 빠진 것을
어째서 고집을 부려 가슴에 간직하려 안달하느냐.
그건 하늘과 망자와 자연을 거스르는 일이고
이성에 비추어보아도 불합리하다.
이성은 최초의 시체에서 오늘 죽은 자까지
죽음은 어쩔 수 없는 일이라 불러오지 않았느냐?
그러니 그 부질없는 슬픔을 땅에 내던지고
나를 아버지로 대해다오.
온 세상에 알리는 바,
너는 나의 왕권을 계승할 것이며,
친아버지 못지않은 고귀한 사랑을 네게 주마.
비텐베르크 대학으로 돌아가겠다는
너의 소원은 나의 뜻과는 어긋나니
제발 여기에 머물러 나의 가장 중요한 신하로,
조카로, 그리고
아들로, 우리의 눈에 기쁨과 위로가 되어다오.

왕비 네 어머니의 기도를 헛되게 하지 말아다오,
햄릿.

제발 우리와 함께 머물러다오.

비텐베르크에는 가지 말고.

햄릿 성의를 다해 어머니 뜻에 따르겠습니다.

왕 참 기특하고 훌륭한 대답이다.

덴마크에서 편히 지내도록 해라. 자, 왕비. 가십시다.

햄릿이 이리 부드럽고 순순히 승낙하니

내 마음이 기쁘오.

이 기쁨을 나누기 위해 주연을 열어

덴마크의 왕이 축배를 들 때마다 구름을 향해

축포를 터뜨려,

하늘이 천둥으로 메아리쳐 왕의 주연을 알립시다. 자, 갑시다.

나팔 소리. 햄릿만 남고 모두 퇴장.

햄릿 아, 이 더럽고 더러운 살덩어리가 녹아 흘러 한 방울의 이슬이 될 수 있다면!

하늘이 자살을 금지하는 계명을 정해놓지 않으
셨다면!

오, 하느님! 하느님! 이 세상만사가 어쩌면 이토록
내게만은 지루하고 김빠지고 단조롭고 부질없
게만 보이는 것인가.

아, 역겹다! 역겨워! 잡초만이 무성하게 자라 퇴
락하는 정원처럼

썩고 더러운 열매가 득실거리는 판이구나. 이
지경에 이르다니.

서거하신 지 불과 두 달. 아니지. 두 달도 채 안
되었어.

그렇게 훌륭하신 왕이셨는데.

그분이 태양의 신이라면 현재의 왕은 반인반수
의 괴물이지.

어머니를 그처럼 사랑하셔서 행여 바람이 거칠까
얼굴을 스쳐 가지 못하게 하셨지.

천지신명이시여. 제가 그런 일까지 기억해야 합
니까?

먹으면 먹을수록 그 음식이 탐이 나듯 어머니도
아버지 곁을 잠시도 떠나지 않으셨어.
그러던 어머니가 채 한 달도 안 되어…….
더 이상 생각하지 말자.
약한 자여, 그대 이름은 여자로다.
한 달도 안 되어, 니오베처럼 울며불며
아버님 시신을 따라갈 때 신었던 그 신발이 채
닳기도 전에
어째서 어머니는, 왜 어머니는…….
아, 신이시여. 분별심이 없는 짐승도 그보다는
오래 애도했을 거야.
왜 숙부와 결혼하셨을까? 아버지의 동생이지만
전혀 닮지 않았어.
내가 헤라클레스와 닮지 않은 것처럼.
한 달도 안 되어 그 거짓 눈물의 소금기로 충혈된
흔적이
채 가시기도 전에 결혼을 하시다니.
참, 더럽게 빠르구나.

그토록 능란하게 근친상간의 잠자리로 달려가
다니!

좋지 않아. 좋게 될 수도 없는 일.

하지만 가슴아, 터져라. 입은 다물고 있어야 하
니까.

　　　호레이쇼, 마셀러스, 바나도 등장.

호레이쇼　안녕하셨습니까, 왕자님.

햄릿　건강한 모습으로 만나서 기쁘군. 호레이쇼
아닌가?

아니라면 내가 정신이 없나?

호레이쇼　제가 맞습니다. 변함없는 왕자님의 하
인이죠.

햄릿　이보게, 친구. 나도 자네의 하인이 되겠네.
호레이쇼, 그런데

마셀러스 아닌가? 무슨 일로 비텐베르크를 떠나
이곳에 돌아왔나?

마셀러스 예, 왕자님.

햄릿 만나서 반갑네. (바나도에게) 저런, 자네도 반갑네. 그런데 무엇 때문에 비텐베르크를 떠났는가?

호레이쇼 게으른 탓이지요, 왕자님.

햄릿 자네의 원수가 그런 말을 해도 안 듣겠네. 하물며 스스로 욕하는 말로 내 귀를 괴롭히도록 두지 않겠네.

자네는 결코 게으름뱅이가 아닌 줄로 아네. 자, 무슨 일로 엘시노어에 돌아왔는가?

떠나기 전에 잔뜩 취하는 법을 가르쳐주겠네.

호레이쇼 선왕의 장례식에 참석하고자 왔습니다.

햄릿 제발 나를 놀리지 말게, 학우여.

내 어머니의 결혼식을 보러 왔겠지.

호레이쇼 정말이지, 왕자님. 연달아 있었지요.

햄릿 호레이쇼, 절약이라네, 절약. 장례식에 요리한 고기를

식혀 결혼 잔칫상에 올려놓았지. 그런 꼴을 보

느니

차라리 저승에서 원수를 만나는 편이 나을 거야.

호레이쇼, 아버지를……, 내 아버지를 본 것 같아.

호레이쇼 어디서요? 왕자님.

햄릿 호레이쇼, 내 마음속 눈으로 보았다네.

호레이쇼 저도 한 번 그분을 뵈었습니다. 훌륭한 왕

이셨죠.

햄릿 정말 훌륭한 분이셨지. 다시는 그렇게

우러러볼 분을 뵐 수는 없을 거야.

호레이쇼 왕자님, 어젯밤 제가 그분을 뵌 것 같습

니다.

햄릿 누굴 봐?

호레이쇼 왕자님의 아버님이신 선왕 말입니다.

햄릿 선왕, 나의 아버지를?

호레이쇼 잠시 진정하시고 귀를 기울여주십시오.

이 두 사람들의 증언과 함께 그 기이한 일을 전

해드리겠습니다.

햄릿 제발 들려주게나!

호레이쇼   이틀 밤이나 여기 이 마셀러스와 바나
도가

쥐죽은 듯 고요한 한밤중에 만났답니다.

선왕의 생전 모습 그대로 머리에서 발끝까지 완
전 무장을 하고 나타나

엄숙하고 천천히 당당하게 이들 곁을 지나갔답
니다.

세 번씩이나 이들의 당황하고 겁에 질린 눈앞에

움직이면 지휘봉이 닿을 만큼 가까이 지나갔답
니다.

그동안 이 사람들은 공포에 질려 멍하니 선 채

말 한마디 건네지 못했답니다.

이 엄청난 비밀을 저한테만 얘기해주기에

저도 사흘째 밤에 함께 보초를 섰는데 바로 그 자
리에서

이들이 말한 그대로, 같은 시간에 같은 형체로,

그 유령이 나타났습니다.

저는 왕자님의 아버님을 잘 압니다.

흡사 저의 두 손이 닮은 것보다 더 선왕과 닮았
습니다.

햄릿 그 장소가 어딘가?

마셀러스 보초를 서는 망루 위였습니다.

햄릿 말을 걸어 봤나?

호레이쇼 말을 걸었지만 대답이 없었습니다.

제 생각입니다만, 그 유령은 머리를 들고 마치
말을 할 것처럼

보였는데, 바로 그때 새벽닭이 요란하게 울자,

그 소리에 놀란 듯이 황급히 저희들 시야에서
사라졌습니다.

햄릿 그것 참 이상하구나.

호레이쇼 제가 살아 있는 것이 틀림없는 사실이듯
왕자님, 이 일은 사실입니다.

이 일을 왕자님께 말씀드리는 것이
저희의 의무라는 생각이 들었습니다.

햄릿 그렇고말고. 그러나 심상치 않은 일일세.

오늘 밤에도 보초를 서는가?

모두 네, 왕자님.

햄릿 무장을 했다고?

모두 무장을 했습니다.

햄릿 머리에서 발끝까지?

모두 네, 머리에서 발끝까지.

햄릿 그럼 얼굴을 못 보았나?

호레이쇼 보았습니다, 투구의 면갑이 열려 있더 군요.

햄릿 그래? 찌푸린 표정이었나?

호레이쇼 노했다기보다는 슬픈 얼굴이었습니다.

햄릿 얼굴은 창백하던가, 아니면 붉었나?

호레이쇼 아주 창백했습니다.

햄릿 자네를 쳐다보던가?

호레이쇼 뚫어지게 보던걸요.

햄릿 나도 그 자리에 있었더라면.

호레이쇼 왕자님도 많이 놀라셨을 겁니다.

햄릿 그랬을 테지. 오래 머물러 있었나?

호레이쇼 보통 속도로 백을 셀 정도였지요.

마셀러스, 바나도 그것보다는 길었네.

호레이쇼 내가 봤을 때는 그 정도였네.

햄릿 수염은 반백이던가?

호레이쇼 생전에 뵈었던 것처럼 은빛이 섞인 검은 수염이었습니다.

햄릿 오늘 밤 나도 망을 봐야겠다. 그게 또 나타날지 모르니까.

호레이쇼 분명 나타날 겁니다. 제가 장담하지요.

햄릿 그것이 내 아버지의 모습 그대로라면
지옥이 아가리를 벌려 입을 다물라 한대도 말을 걸어보겠네.
여태 모두 이 일을 숨겨 둔 것처럼
앞으로도 이 일을 침묵 속에 묻어주게.
그리고 오늘 밤 무슨 일이 일어나건
마음속으로 간직할 뿐 입 밖에 내진 말아주게.
자네들의 노고에 대해서는 후에 보답할 테니.
그럼 잘들 가게. 11시에서 12시 사이에 그 망루로 찾아갈 테니.

모두   의무를 다 하겠습니다.

햄릿   의무가 아니라 우정이네. 잘 가게.

　　　　　　(햄릿만 남기고 모두 퇴장.)

　　아버지의 혼령이 나타났다고! 무장을 하고!

　　심상치 않아. 흉계가 있는지 모르지.

　　어서 밤이 왔으면!

　　그때까지는 조용히 있자, 흉측한 일은 아무리

　　땅속 깊이 파묻어도 사람의 눈에 드러나는 법.

　　　　　　퇴장.

제3장 성안, 폴로니어스의 저택

레어티즈와 누이동생 오필리어 등장.

레어티즈   내 짐은 배에 다 실었다. 잘 있어라, 동
생아.
바람이 잔잔해 선편이 있거든 잠만 자지 말고
소식이나 들려다오.

오필리어   그걸 의심하셔요?

레어티즈   햄릿 왕자의 조그만 호의는
유행이자 젊음의 객기이며 청춘기의 꽃송이라,
빨리 피나 영원하지 못하고

달콤하나 오래가진 못하니,

한순간의 향기요 시간 때우기 이상은 아니다

생각해라.

오필리어 그뿐이에요?

레어티즈 그뿐이라 생각해라.

사람의 성장이란 근육이나 덩치만 커지는 것이

아니고

몸과 더불어 마음과 영혼의 확대도 동반하는 법

이다.

지금은 왕자께서 너를 사랑하실 테지.

그러나 아직은 악의나 속임수가 그의 순결한 뜻

을 더럽히지 않았을 테니.

그러나 명심해라.

그분의 높은 신분은 그의 뜻대로 하지 못하게

하니 말이다.

타고난 신분에 얽매여 보잘것없는 이들처럼 원

하는 대로 행동할 수 없으니.

그분의 결정에 일국의 안위가 걸려 있는 거야.

그러니 배필을 선택함에 있어서도

그분이 머리라면 몸이라 할 수 있는 백성들의

승낙에 이끌려 갈 수밖에 없단다.

그분이 너를 사랑한다 해도 왕자 신분의 범위

내에서

덴마크 사람들이 찬성하는 만큼만

하신 말씀만 믿는 것이 현명한 처사다.

그러니 그분의 노래를 곧이곧대로 믿고 넋을 잃

거나

또는 막무가내 간청에 못 이겨 보석 같은 정조를

내주면

어떤 불명예를 당할지 모르니 조심해라, 오필리

어. 조심해.

애정에서 멀리 떨어져 욕정의 화살 거리밖에 있

도록 해라.

정숙한 처녀는 그 아름다운 얼굴을

달에게 보여도 방탕하다는 말을 듣는 법

정숙 그 자체도 악담은 피하지 못한다.

봄철 어린 꽃도 흔히 그 봉오리가 싹트기 전에

벌레한테 먹히는 수가 있고,

청춘이라는 아침 이슬은 독기 찬 공기에 더욱

쉽게 병에 걸리니.

그러니 조심해라. 조심하는 게 상책이야.

청춘은 옆에 누구 하나 없어도 스스로 유혹에 빠

지니까.

오필리어 이 귀중한 가르침을 제 마음의 파수꾼

으로 삼을게요.

그렇지만 오빠, 타락한 목사처럼 제게는

천당에 이르는 험한 가시밭길을 가리키면서

자기는 방탕하고 무절제한 바람둥이처럼

자기 설교는 잊어버리고 환락의 꽃길을 걷는

그런 사람이 되지는 마세요.

레어티즈 아, 내 걱정은 마라!

너무 지체했구나.

(폴로니어스 등장.)

아버지가 오시는군.

축복이 두 배면 은혜도 두 배겠지.

운이 좋아 또 한 번 인사를 드리게 되었구나.

폴로니어스 레어티즈, 아직 여기 있었느냐?

어서 배를 타지 않고!

바람을 안은 돛이 너 때문에 지체하고 있구나.

자, 내 축복을 받아라.

몇 마디 충고를 할 테니 네 기억 속에 새겨 둬라.

생각한 바를 쉽사리 입 밖에 내지 말고

설익은 생각을 섣불리 행동에 옮기지 마라.

친절하되 천박하게 굴지는 마라.

겪어보고 친구를 사귀되 한번 사귄 친구는

쇠사슬로 묶어서라도 놓치지 말고,

그렇다고 햇병아리 풋내기 친구들과 손잡고

노닥거리느라 손바닥이 닳아서도 안 되고,

싸움판에는 끼어들지 말 것이며 일단 말려들거든

상대방에게 네가 어떤 존재라는 걸 명심하게 해라.

모든 이에 귀를 기울이되 네 말은 삼가야 한다.

남의 의견은 존중하되 네 판단은 섣불리 입 밖

에 내지 마라.

주머니 사정이 허용하는 한 비싼 옷을 입되

야단스러운 차림은 안 된다. 고급스럽되 천박하

지 않게 입어라.

의복은 인격을 말해주기 때문이다.

프랑스의 지위도 계급도 높은 이들은

가장 세련되고 고상한 차림을 한단다.

돈은 꾸지도 말고 빌려주지도 마라.

빌려주면 돈과 친구를 한꺼번에 잃기 쉽고

빌리면 절약의 습성이 무디어진다.

무엇보다도 자기 자신에 충실해라. 이것만 지키면

밤이 낮을 따르듯 자연히 너는 남을 거짓으로

대할 수 없을 것이다. 잘 가거라.

부디 내 말을 명심해라.

레어티즈 그럼 이만 떠나겠습니다. 아버님.

폴로니어스 시간이 너를 재촉하는구나.

가 봐라, 하인들이 기다리고 있으니.

레어티즈 잘 있어라, 오필리어.

내가 한 말을 명심해라.

오필리어 그 말씀을 제 기억 속에 자물쇠로 채워
두을 테니

열쇠는 오빠가 간직하세요.

레어티즈 잘 있어.

레어티즈 퇴장.

폴로니어스 오필리어, 오빠가 너한테 무슨 얘기를
하더냐?

오필리어 햄릿 왕자님에 관한 얘기예요.

폴로니어스 마침 참 잘되었다.

듣자니 요즘 왕자께서는 자주 내밀히 너를 방문
하고

너도 아무 때나 그분의 얘기를 흔쾌히 들어 준다
더구나.

그게 사실이라면—내게 조심하라고 귀띔해주는
이도

있다마는—네게 분명히 해 둘 것은

너는 내 딸답게, 정숙한 처자로서 처신을 똑바

로 못 하고 있다는 사실이다.

둘이 어떤 사이냐? 사실대로 말해라.

오필리어　아버지, 최근 그분께서 제게 여러 번

애정 고백을 하셨어요.

폴로니어스　애정? 허어! 너는 위험이란 전혀 모르는

새파란 애숭이 철부지처럼 말하는구나.

네 말대로, 그의 애정 표시를 믿는 게냐?

오필리어　어떻게 생각해야 할지 저도 모르겠어요.

폴로니어스　이거야 원, 내가 가르쳐주마.

공수표 같은 그런 고백을 진짜 돈으로 여긴

너 자신을 어린애로 여겨라.

좀 더 값비싸게 처신하란 말이야.

그렇지 않으면 '말을 돌려 하면'

너는 이 아버지를 바보 취급당하게 만들 거다.

오필리어　아버지, 그분은 명예로운 방법으로 사

랑을 말씀하셨어요.

폴로니어스 '방법'이라고, 잘한다, 잘해.

오필리어 신성한 맹세와 함께 진실 되게 말씀하
셨어요,

폴로니어스 그게 바로 새를 잡는 덫이란 말이다. 알
겠느냐?

피가 끓으면 마음은 함부로 혀가 맹세를 하게
두는 법.

애야, 타는 불은 환히 빛을 내지만 열은 없어.

약속이라는 것도 다짐하는 동안 빛도 열도 꺼지
기 쉬우니

그런 걸 약속이라고 생각하면 안 된다.

앞으로는 처녀답게 몸가짐을 더욱 신중히 하고

만나자고 해서 함부로 응할 것이 아니라

좀 더 도도하게 굴도록 해라. 햄릿 왕자는

젊은 분이고 너보다는 자유롭게

행동하실 수 있는 분이니.

오필리어, 그의 맹세를 믿지 마라.

사내의 맹세란 중매쟁이같이,

속이기 위해서 고상하고 경건한 척하는 거란다.

이게 결론이다. 분명히 말해두지만

이 순간부터는 햄릿 왕자에게 글을 보내거나 말을 해선 안 된다.

내 명령이니 명심해라. 자 가자.

오필리어 말씀에 따르겠어요.

퇴장.

제4장 성 위의 망대

햄릿, 호레이쇼, 마셀러스 등장.

햄릿 바람이 매섭군. 몹시 추운 날씨로구나.

호레이쇼 정말 살을 에는 듯한 바람입니다.

햄릿 지금이 몇 시인가?

호레이쇼 아직 12시는 못 되었습니다.

마셀러스 아니, 12시를 쳤는걸요.

호레이쇼 그래? 듣지 못했는데.

　그럼 유령이 전처럼 나타날 시간이 다 되었군.

　　(나팔 소리 이어 대포가 두 발 발사된다.)

무슨 일입니까? 왕자님.

햄릿 왕이 오늘 밤 늦도록 주연을 열어

마시고 비틀거리며 광란의 춤을 추고 있다네.

왕이 독일산 포도주 잔을 비울 때마다

북치고 나팔 불며 요란하게 축하하지.

호레이쇼 그게 관행인가요?

햄릿 그렇다네.

내 비록 이 나라 태생이라 이런 습관에 젖어 있
지만

저런 습관은 지키기보다는 깨는 것이 명예로울
것 같네.

저렇게 머리가 터지도록 퍼마시니 동서를 막론
하고

우리를 술주정뱅이라고 부르고 돼지라 몰아세
우지.

그러니 애써 이룩한 공적도 명성의 알맹이는 사
라지고 마는걸세.

개인도 마찬가지라네.

태어날 때부터 결점이 있다고 하면 그건 그 사
람의 잘못은 아니지.
태어날 때 마음대로 천성을 선택할 수는 없으니까.
또는 어떤 한 가지 기질이 지나쳐
이성의 울타리와 성벽을 무너뜨리기 때문에
도를 넘어 예의를 해칠 때는
그것이 자연의 선물이건 운명의 장난이건
그 외의 장점이 제아무리 순수하고 무한할지라도
바로 그 결점 때문에 비난받을 수밖에 없네.
티끌만 한 악 때문에 모든 고상한 미덕이
비난을 받는다는 말일세.

유령 등장.

호레이쇼 보십시오, 왕자님 나타났습니다.
햄릿 천사와 수호신이여, 이 몸을 지키소서!
   그대가 선한 정령이든 저주받은 악령이든
   천상의 바람을 타고 왔든 지옥의 돌풍을 몰고

왔든

네 의도가 악하든 자비롭든 간에

질문 가능한 모습으로 왔으니 난 네게 말을 걸
겠다.

내 그대를 햄릿, 선왕, 아버지, 덴마크 왕으로 부
르겠다.

대답하라. 갑갑해서 내 심장이 터질 지경이다.

신성한 장례식을 거쳐 매장된 몸이 왜 수의를
찢고 나타났는가?

무덤은 왜 그 육중한 대리석 아가리를 벌려

그대를 다시 뱉어 냈는가?

무슨 뜻이 있어 이미 죽은 시체가 다시 완전무장
을 하고

구름 사이 달빛 아래 나타나 이 밤을 스산하게 만
드느냐?

자연에 우롱당하는 나약한 인간의 생각으로는

도저히 미치지 못할 불가사의로

정신을 뒤흔들어놓는 이유는 무엇인가

무엇인가? 무엇 때문인가? 어떻게 하라는 건가?

유령이 햄릿에게 손짓한다.

호레이쇼   함께 가자고 왕자님을 부르는데요,
뭔가 왕자님 혼자에게만 드릴 말이 있다는 듯.

마셀러스   보십시오. 아주 정중한 태도로
외딴곳으로 가자고 손짓합니다.
그렇지만 같이 가셔서는 안 됩니다.

호레이쇼   안 됩니다. 절대로.

햄릿   여기서 말하지 않을걸세. 그러니 따라가야
겠어.

호레이쇼   가시면 안 됩니다.

햄릿   아니, 두려울 게 뭐가 있는가
바늘 하나 가치도 없는 이 목숨,
내 영혼이야 저 유령만큼 불멸인데
무슨 짓을 할 수 있겠나.
또 손짓을 하는군. 따라가야겠다.

호레이쇼 저것이 왕자님을 급류나

바닷가의 무서운 절벽 꼭대기로 유인하고 나서

어떤 끔찍한 형태로 돌변해 이성을 앗아가 미치

게 하면

어쩌시렵니까? 조심하십시오.

그런 곳에서 파도 소리 요란한 바다를 내려다보

노라면

이렇다 할 이유 없이도 뛰어내리고 싶은 절박한

충동에

사로잡히니까요.

햄릿 아직도 나를 부르고 있어. 그래, 따라가겠다.

마셀러스 가시면 안 됩니다. 왕자님.

햄릿 이 손 치워라!

호레이쇼 진정하십시오. 가시면 안 됩니다.

햄릿 내 운명이 나를 부르는구나.

이 몸의 모든 근육이 네메아의 사자 힘줄처럼

단단해졌다.

아직도 나를 부르고 있어. 이 손 놓으라니까.

맹세컨대, 나를 막는 자는 유령으로 만들겠다.
비켜라! 앞서 가라, 너를 따르겠다.

유령과 햄릿 퇴장.

호레이쇼　허깨비에 홀리셨군.

마셀러스　따라갑시다. 이렇게 복종해선 안 되지.

호레이쇼　뒤따라가자. 이 일이 어떻게 될까.

마셀러스　이 나라 덴마크의 무언가가 썩고 있어.

호레이쇼　하늘이 인도하시겠지.

마셀러스　그만하고, 왕자님을 쫓아갑시다.

퇴장.

제5장 성 위의 흉벽제

유령과 햄릿 등장.

햄릿 어디로 끌고 갈 셈이냐? 말하라. 더 이상은
가지 않겠다.

유령 잘 듣거라.

햄릿 그러지.

유령 시간이 거의 다 되었다.
내가 고통스런 유황불에 몸을 맡겨야 할 시간이.

햄릿 불쌍한 유령이구나!

유령 동정은 집어치우고 이제 내가 하는 말을 명

심해서 들어라.

햄릿 말해라. 들을 준비는 다 되었다.

유령 듣고 나면 반드시 복수를 해야 한다.

햄릿 뭐라고?

유령 나는 네 아비의 혼령이다.

밤에는 얼마간 돌아다니다가

낮에는 불에 갇혀 굶어야 할 운명이다.

생전에 지은 죄, 타서 씻어질 때까지

내가 갇힌 곳의 비밀을 말하는 것이

금지되어 있지만 않다면 단 한마디로도

네 영혼은 전율하고, 젊은 피는 얼어붙게 하며

두 눈은 제자리를 벗어난 별처럼,

땋아 묶은 머리채를 풀어헤쳐

성난 고슴도치의 털처럼 곤두세울 것이다.

그러나 저 세상의 비밀은 육신을 가진

인간에게는 들려줄 수 없는 일,

들어라, 오 들어라, 네가 진정 아비를 사랑한 적

이 있었다면.

햄릿   오, 하나님!

유령   그 가장 더럽고 비열한 살인자에게 복수를
해다오.

햄릿   살인!

유령   모든 살인은 더럽지만 이것이야말로 가장
더럽고 비정하고
비열한 살인이다.

햄릿   어서 말해주시면, 명상처럼
아니면 사랑의 상념처럼 빠르게 날아가 복수하
겠습니다.

유령   반응이 빠르구나.
내 말을 듣고도 꼼짝하지 않는다면
너는 저승 망각의 강가에 멋대로 뿌리내린
무성한 잡초보다도 둔할 것이다.
자, 햄릿, 들어봐라, 내가 정원에서 낮잠을 자다
독사에게 물려 죽었다고 되어 있지.
그 조작된 보고에 덴마크 온 백성의 귀가 아비하게
속고 있다. 그러나 내 아들아, 알아 둬라.

네 애비를 문 그 독사가 지금 왕관을 쓰고 있다
는 것을.

햄릿 아, 내 예감이 맞았어! 숙부가!

유령 그렇다. 그 짐승같이 불륜과 간통을 일삼는
바로 그놈이다.

요술 같은 간계와 반역의 재주로,

오, 사악한 기지와 재주의 선물로 유혹하다니.

가장 정숙해 보이던 왕비의 마음을

수치스런 욕정의 품으로 끌어갔다.

아, 햄릿. 이 얼마나 끔찍한 타락이냐.

결혼 서약을 지키며 기품 있게 사랑한 나를 버
리고

나보다 천성이 덜떨어지는 그놈의 품에 안기다니

정조란 음탕함이 천사의 모습으로 유혹을 해도
동하지 않지만

음탕한 여자는 천사와 짝이 되어도 그 천상의
잠자리에 싫증을 내고

쓰레기 더미를 파먹는구나.

가만, 새벽의 공기를 맡은 것 같다.
간단히 얘기하마. 내 오후의 습관처럼
그날도 정원에서 낮잠을 자고 있었는데
네 숙부가 편히 쉬고 있는 틈을 타
사리풀 독즙 병을 들고 들어와
내 귓가에 그 살을 썩히는 액체를 들이부었다.
이 독약은 피와는 상극이라,
수은처럼 재빨리 몸의 혈관을 돌며
마치 우유에 떨어뜨린 식초 방울처럼
삽시간에 맑은 피를 엉기어 굳게 만드니
내가 이 꼴을 당했다.
내 몸은 순식간에 부스럼으로 뒤덮여
문둥이처럼 끔찍하고 저주받을 꼴이 되었다.
이리하여 잠든 사이에 생명도, 왕관도, 왕비도
한꺼번에 빼앗기고 내 죄가 한참일 때 죽어
임종의 성유도 생전의 죄악에 대한 고해도 못하고
수많은 죄를 머리에 뒤집어쓴 채
심판대에 끌려갔구나.

아, 무섭다! 정말 무섭다!

네게 효성이 있다면 이 일을 참지 마라.

덴마크 왕의 침실을 음란하고 저주받을

근친상간의 소굴이 되게 두지 마라.

그러나 일을 서두르면서도 마음이 흐려지거나

어머니를 해치는 일이 있어서는 안 돼.

어머니는 하늘의 심판에 맡기고

마음속 가시에 찔려 아픔을 겪도록 내버려 둬라.

어서 작별하자.

반딧불이 희미해지고 하늘이 훤해지니

새벽이 가까워진 모양이다.

잘 있어라, 잘 있어! 햄릿, 날 잊지 말아라.

햄릿 오, 하늘의 모든 정령이시여, 대지여! 또 무엇
이 있나?

지옥도 불러낼까? 쓸데없는 소리! 진정해라, 심
장아.

근육아, 시들지 말고 굳게 버텨라.

잊지 말라고? 그래, 불쌍한 유령아.

제아무리 혼란한 머리이지만 기억력이 남아 있
는 한.
잊지 말라고? 그래, 내 기억의 수첩에서
소소한 것이랑 싹 지우고, 온갖 책의 격언,
어릴 때 보고 기록한 모든 사상 따윈 없애 버리고
너의 그 명령만을 내 뇌리 속에 남길 것이다.
하늘에 맹세코 그러겠다!
아, 사악한 여인이여!
아, 악당, 악당. 미소 짓는 저주받을 이 악당!
수첩에 기록해두는 것이 좋겠다.
아무리 미소를 지어도 악당일 수 있음을.
최소한 덴마크에서는 그럴 거다. (글을 쓴다.)
자, 숙부, 바로 이게 내 좌우명이다.
"잘 있거라, 잘 있어. 부디 이 아버지를 잊지 마라."
나는 여기에 맹세했다.

호레이쇼와 마셀러스, 외치면서 등장.

마셀러스, 호레이쇼 왕자님, 왕자님!

마셀러스 햄릿 왕자님.

호레이쇼 하늘이시여, 왕자님을 보호하소서.

햄릿 (방백) 제발 그러길.

호레이쇼 야, 호, 왕자님!

햄릿 야, 호, 여보게. 여기야, 여기 있네.

마셀러스 어떻게 됐습니까, 왕자님!

호레이쇼 뭡니까, 왕자님!

햄릿 놀라운 일이네!

호레이쇼 말씀해주십시오.

햄릿 안 돼, 말이 새어 나갈 테니까.

호레이쇼 절대 그렇지 않을 겁니다.

마셀러스 저도 마찬가지입니다.

햄릿 어떻게 생각하나.

　사람이 감히 이런 일을 생각해 낼 수 있을까?
　비밀은 지키겠지?

호레이쇼, 마셀러스 하늘에 대고 맹세합니다. 왕
　자님.

햄릿 덴마크에 사는 악당치고 극악무도하지 않은
놈은 없다 하더군.

호레이쇼 유령이 그런 말을 하려고 무덤을 뛰쳐
나왔을 리는 없습니다.

햄릿 아, 그렇지. 옳은 말이야.

그러니 빙빙 돌려 말할 필요 없이 악수나 하고
헤어지는 게 좋겠네.

자네들도 일이 있을 테니.

모든 사람이 제각기 일과와 용무가 있는 법이지.

보잘것없는 나도 마찬가지고, 자, 나는 기도나
하러 가겠네.

호레이쇼 말씀에 조리가 없으십니다. 왕자님.

햄릿 내 말에 화가 났다면 정말 미안하군. 정말이네.

호레이쇼 화가 난 것이 아닙니다. 왕자님.

햄릿 아니야, 호레이쇼. 성 패트릭을 걸고 맹세코,
있네.

그 유령은 정직한 유령이었어. 이 말만은 할 수
있네.

무슨 일이 있었는지 알고 싶겠지만 좀 덮어주게.
자, 친구들, 친구로서, 학자로서 그리고 군인으로서
내 청을 들어주게.

호레이쇼 뭡니까, 왕자님? 물론입니다.

햄릿 오늘 밤 자네들이 본 것을 절대 입 밖에 내
지 말게.

호레이쇼, 마셀러스 절대 내지 않겠습니다, 왕자님.

햄릿 아니, 맹세를 해주게.

호레이쇼 절대 입 밖에 내지 않겠습니다.

마셀러스 저도 마찬가지입니다, 왕자님.

햄릿 내 검에 대고 맹세를.

마셀러스 이미 맹세했습니다.

햄릿 이 검에 대고 맹세하라니까.

유령이 무대 아래서 소리친다.

유령 (아래에서) 맹세하라.

햄릿 하, 하, 자네도 말하는가

거기 있나, 친구?

자, 땅 밑에 있는 친구의 말 들었겠지.

맹세한다고 하게.

호레이쇼 맹세의 말을 얘기해주십시오.

햄릿 자네들 본 것을 절대 말해선 안 되네. 내 검
에 대고 맹세하게.

유령 맹세하라.

햄릿 있지 않은 곳이 없구나.

우리가 장소를 옮겨 보세.

자네들 이리 오게.

내 검에 손을 얹고 이제

들은 것을 절대 말하지 않겠다고 맹세해 줘.

유령 칼을 두고 맹세하라. (그들이 맹세한다.)

햄릿 말 잘했다, 두더지 영감!

훌륭한 광부로군. 여보게, 다시 한 번 자리를 옮
겨 보세.

호레이쇼 참말이지 기이한 일이군요!

햄릿 그러니, 손님인 양 저것을 환영해주게, 호레

이죠.

이 천지간에는 인간의 철학으로

꿈도 못 꿀 수많은 일이 많다네,

자, 아까처럼 절대 말을 않는다고 약속해주게.

앞으로 내가 필요에 따라 어떤 이상하고 기이한
짓을 하건

내 모습을 보고 팔짱을 끼거나 머리를 흔들면서

"흠, 흠, 우리는 알지."라거나 "알려면 알 수 있지."

또는 "말을 해도 좋다면 할 사람도 있지." 등

의미 있는 듯 말을 하거나,

애매한 얘기로 나의 본심을 아는 체하지 말게.

그럼 자네들에게는 은총과 자비가 따를 거야.

유령 맹세하라. (그들이 맹세한다.)

햄릿 진정하고, 쉬어라. 불안한 유령아.

자, 친구들 내 모든 우정을 걸고 자네들에게 신
의를 다짐하겠네.

이 햄릿, 보잘것없는 위인이지만 신이 허락하는 한

신의와 우정으로 보답하겠네.

자, 함께 들어가세.
항상 손가락은 입술에 대고 비밀을 지켜주게.
뒤틀린 시대로다. 저주받은 내 운명이여,
그걸 바로잡기 위해 내가 태어나다니!
아니, 자, 같이 가세.

모두 퇴장.

제2막

어떻게 거기에 살게 됐으며 그자가 누구이며
돈은 어떤 수단으로 구하는지.
또 어떤 사람들과 어울리며 씀씀이는 어떤지 알
아보게.
빙 돌려 물어보다가 그들이 내 아들을 안다 하거든
자세히 질문하기보다는 핵심을 찌르는 거야.
이를테면 그에 대해 대강 알고 있다는 듯이
"제가 그 사람 아버지와 친구를 알죠.
그 사람도 조금 알고요." 이렇게 말이야. 알겠나,
레이날도.

레이날도 네, 잘 알겠습니다. 나리

폴로니어스 "조금 알죠, 그렇지만" 하고 나서
"잘은 모릅니다만, 그 사람이 난폭하고
이러저러한 버릇이 있죠."라는 식으로 말하는
게야.
그 버릇은 자네가 적당히 둘러대고.
그렇지만 명예를 떨어트릴 정도로 심한 것은 말고
이 점에 유의하게. 자유분방한 젊은이에게 흔히

따라붙는

방종이나 실수 같은 것은 말해도 좋아.

레이날도 도박 같은 것 말씀이죠.

폴로니어스 그렇지. 주정, 칼부림, 욕설, 싸움질,

오입질도 있지.

이 정도까지는 좋네.

레이날도 나리, 그런 것은 명예를 해칠 것 같은데요.

폴로니어스 천만에. 말하기 나름이지.

그러나 난봉꾼이라는 등 추문을 더해선 안 되네.

내 의도는 그런 게 아니니까.

그러나 아들의 결점을 교묘하게 말해.

그게 누구나 한 번은 저지르는

자제력의 결여이고, 혈기왕성한 젊음의 폭발이며

아직 다듬어지지 않은 무례라는 인상을 주란 말

이다.

레이날도 대감님, 그렇지만.

폴로니어스 뭣 때문에 이런 일을 하느냐고?

레이날도 네, 나리.

폴로니어스 내 본 뜻은 이렇다네.

묘안이라고 생각하네만.

내 아들의 사소한 결점을 헐뜯으면서

가끔 때 묻은 것이 나오듯 우연히 튀어나오게 말

해두면,

상대방이 아들의 그런 행실을 현장에서 목격했

다면

이렇게 맞장구칠 거야.

"선생께서"라든가 "이보게"나 "이 양반" 식으로,

그 지방 말투와 신분에 따라 부르겠지만.

레이날도 그렇겠지요, 나리.

폴로니어스 이렇게 되면,

그 사람이—그는—내가 무슨 말을 하려던 참이지

분명 무슨 말을 하려고 했는데, 어디서 중단했

더라?

레이날도 "맞장구를 칠 거야." 하고, "이보게" "이

양반"까지요.

폴로니어스 "맞장구를 친다." 그렇지.

78

그 사람은 이렇게 말할 거야.

"나도 그분을 압니다. 어젠가 그젠가 만났죠.
혹은 이때 저때에. 이러저러한 사람과 가는 것을
봤는데,

당신 말마따나 노름을 하고, 술에 곯아떨어지고,
경기 중에 싸움판을 벌였죠." 혹은 "그 사람
홍등가로 들어가던데요."라고 할지도 모르지.
갈보집 말이다. 이런저런 말을 할 거야.

이제 알겠지? 거짓 미끼로 진짜 잉어를 낚으란
말이야.

우리처럼 지혜와 통찰력이 있는 사람은
정도를 피하고 옆길을 우회해
간접적인 방법으로 목적을 달성하는 법이다.
그러니 내 가르침과 충고에 따르면
자식 놈의 행실은 쉽게 알 수 있을 거야.
내 뜻을 알아듣겠나?

레이날도 잘 알겠습니다, 나리.

폴로니어스 조심히 잘 가거라.

레이날도 다녀오겠습니다.

폴로니어스 네 눈으로 직접 아들의 행실을 봐야
한다.

레이날도 알겠습니다.

폴로니어스 하고 싶은 대로 하게 놔두고.

레이날도 네, 나리.

폴로니어스 가 봐라.

(레이날도 퇴장.)

(오필리어 등장.)

폴로니어스 잘 가거라. 아니 오필리어, 무슨 일이냐?

오필리어 아, 아버지, 아버지, 너무 무서웠어요.

폴로니어스 도대체 뭣 때문에 그러느냐?

오필리어 아버지, 제가 방에서 바느질을 하고 있
을 때
햄릿 왕자께서 웃옷 앞가슴을 풀어헤치고
모자도 안 쓰시고 더러운 양말은
대님이 풀려 발목까지 흘러내려 족쇄처럼 걸렸고
얼굴은 종잇장처럼 창백하고

두 무릎은 서로 부딪치듯 떨며 느닷없이 나타나
셨어요.

그분의 표정은 마치 지옥에서 막 풀려나

그 끔찍한 사연을 얘기하시려는 듯 비참한 표정

이셨어요.

폴로니어스 네 사랑 때문에 미친 게 아니냐?

오필리어 아버지, 저는 모르겠어요.

그렇지만 그런 것도 같네요.

폴로니어스 뭐라고 하더냐?

오필리어 제 손목을 잡고서 세게 끌어안으시더니

팔 길이만큼 거리를 두고선

한 손은 이마에 얹고 마치 저의 모습을 그리려
는 듯

제 얼굴을 유심히 보셨어요.

그렇게 한참 계시더니

마침내 제 팔을 조금 흔들어보고, 머리를 아래
위로 세 번 흔들고

마치 온몸이 산산조각이 나고 목숨이 끊어질 듯

처량한 한숨을 쉬셨어요.

그러시더니 제 팔을 놓아주시고는

보지 않고도 나가는 길을 안다는 듯

어깨 너머로 고개를 돌려 저를 보면서

그대로 문밖으로 나가셨는데

끝까지 저에게서 시선을 떼지 않으셨어요.

폴로니어스   자, 같이 가자.

폐하를 찾아뵈어야겠다. 이게 바로

상사병이라는 거다.

이 병이 난폭하게 발작하면 자신을 망치고

걷잡을 수 없는 행동으로 몰아가느니.

우리의 천성을 괴롭히는

하늘 아래 모든 열정이 그렇듯이.

최근에 왕자님께 좀 심한 말을 한 적은 없느냐?

오필리어   아니오.

그렇지만 아버님 분부하신 대로

그분의 편지를 돌려드리고 가까이 오시지 못하

게 했어요.

폴로니어스 그게 그를 미치게 하였구나.

내가 좀 더 조심스럽게 살필 것을 잘못했다.

한때의 장난으로 너를 망치면 어떡하나 걱정만

했으니

노파심이 지나쳤나 보다. 젊은이는 분별심이 없

어 탈이지만

우리 늙은이는 지나치게 걱정해 탈이다.

자, 왕께 가야겠다. 감춰두었다가

나중에 통탄하시는 것보다는

전말을 알리고 꾸중을 듣는 편이 나을 게다.

모두 퇴장.

제2장 성안

왕의 행차를 알리는 나팔 소리.

왕, 왕비, 로젠크란츠와 길든스턴 및 시종 등장.

왕 잘 왔네, 로젠크란츠와 길든스턴.

전부터 많이 보고 싶어 한 것 외에도

자네들의 힘을 빌려야 할 일이 생겨 이리 급히

부르게 되었네.

이미 들어서 알겠지만 햄릿이 변했네.

외적으로나 내적으로나 이전과는 전혀 달라졌

다는 말이네.

무엇이 그토록 지각을 잃게 했는지
선친이 돌아가셨다는 이유 이외엔 도무지 짐작
이 가질 않으니.
그래서 두 사람에게 부탁하니,
어렸을 때부터 같이 자랐고 왕자의 기질에도 익
숙할 터이니
잠시 이 궁에 머물면서 같이 어울려 그를 오락
으로 이끌고
기회가 닿는 대로 왕자를 괴롭히는 것이
무엇인가를 찾아내 주게. 원인이 밝혀지면
치료도 가능할 테지.

왕비 왕자가 두 사람에 대해 여러 번 얘기했다네.
왕자가 그처럼 가깝게 여기는 이는 두 사람뿐이
라 생각하네.
그러니 여기서 한동안 머물면서 우리가 바라는
대로
돕는다면 왕께서도 알맞은 보답을 하실 것이네.

로젠크란츠 두 분 폐하께서는 소신들에 대해

군주의 권한으로 명령하심이 마땅한데
부탁이라 하시니 황송합니다.

길든스턴 저희들은 분부대로 충성을 다해
이 몸을 폐하의 발밑에 바칠 것이옵니다.
명령해주시옵소서.

왕비 고맙네. 로젠크란츠.
그럼 자네들은 너무나 변해 버린 내 아들을
만나 보도록 하시오. 자네들 중 몇 사람은
이분들을 왕자가 있는 곳으로 모시도록 하라.

길든스턴 하늘이시여, 저희들이 왕자님께
즐거움과 도움을 줄 수 있기를.

왕비 동감이네.

로젠크란츠, 길든스턴, 시종과 함께 퇴장.
폴로니어스 등장.

폴로니어스 폐하, 노르웨이에 파견했던 사신들이
희소식을 갖고 돌아왔습니다.

86

왕 그대는 언제나 희소식의 근원이구려.

폴로니어스 그렇습니까? 소신은 제 영혼을 지키듯

신과 자비로운 폐하를 위해 주어진 임무를 다하

고 있을 뿐입니다.

그래서 생각에—소신이 틀렸다면,

이전과 달리 제 머리가 국사의 흐름을

더 이상 쫓지 못한다는 말이 되겠지요.

햄릿 왕자님이 실성하신 그 원인을 발견했습니다.

왕 오, 말해보시오. 어서 듣고 싶소.

폴로니어스 먼저 사신들을 맞이하십시오.

저의 소식은 성찬 뒤의 후식이 될 것입니다.

왕 직접 가서 그들을 정중히 맞아 데려오시오.

(폴로니어스 퇴장.)

여보 거트루드, 그가 당신 아들이

실성한 원인을 찾아냈다고 하오.

왕비 주요한 원인, 즉 아비의 죽음과 우리들의

성급한 결혼이 그것이지요.

왕 글쎄, 함께 알아봅시다.

(폴로니어스, 볼티맨드와 코넬리어스와 함께 재등장.)

　　수고가 많았소, 볼티맨드.

　　우리 형 노르웨이 왕께서 뭐라시던가?

볼티맨드　　더할 나위 없는 좋은 회답을 받아 왔습
　　니다.

　　신들의 요청을 듣자마자 왕은 사람을 보내

　　조카의 모병을 중지시켰습니다.

　　왕은 폴란드와의 전쟁을 대비하기 위해 모병하
　　는 것으로

　　아셨던 것 같습니다.

　　그런데 자세히 들여다보니 실은 폐하에 대한

　　도발임을 알게 되어 자신이 쇠약해 병상에 있어

　　그렇게 기만당했다며 분개하시고는

　　포틴브라스에게 중지를 명령하셨습니다.

　　그는 명령에 따라 노르웨이 왕의 힐책을 받고

　　숙부인 왕 앞에서 앞으로는 절대 폐하께

　　무력 도발을 않겠다고 맹세했습니다.

　　노르웨이의 노왕은 기뻐하시며, 그에게

삼천 크라운의 연금을 내리시고

이미 모병한 군대는 폴란드 정벌에

동원할 권한을 내렸습니다.

자세한 것은 이 서신에 적혀 있습니다만(서신을

바치며)

이 출병을 위해 노르웨이 군대가

폐하의 영토를 통과할 수 있도록

허락을 구하셨습니다.

왕 과인의 마음에 꼭 드는구려.

이 일은 좀 더 심사숙고하고 검토한 후에 회신

하겠소.

아무튼 충성 어린 노고에 감사하오.

가서 쉬도록 하시오, 저녁에는 축연을 베풀 것

이니.

귀국을 진심으로 축하하오.

볼티맨드와 코넬리어스 퇴장.

폴로니어스 이 일은 훌륭히 마무리되었습니다.

두 분 폐하, 왕권은 무엇이며 신의 의무는 무엇
인지

왜 낮은 낮이며 밤은 밤인지

또한 왜 시간은 시간인지를 논의하는 것은

곧 밤과 낮과 시간의 낭비 외에는 아무것도 아
닙니다.

그러니 간결은 지혜의 핵심이며, 장황함은 겉치
레에 불과하니.

간단히 말씀드리면 왕자님은 미치셨습니다.

감히 그리 말씀드리는 것은

진짜 미쳤다는 정의는 미쳤다는 것 이외는

아무것도 없기 때문입니다. 그건 그렇다 치고,

왕비 말재간은 그만 부리고 핵심을 말하시오.

폴로니어스 왕비 마마,

소신은 말재간을 부리고 있는 것이 아닙니다.

왕자는 미쳤습니다. 이건 사실이며 애석한 일입
니다.

애석한 일이지만 사실입니다.

어리석은 말이니 그만두지요.

저는 말재간을 부리는 것이 아니니까요.

우선 미쳤다고 인정합시다.

그럼 남은 것은 그 결과의 원인, 아니

그 결함의 원인을 파악하는 일입니다.

원인이 있어야 이런 결함 있는 결과가 생깁니다.

이리하여 문제가 남았는데 그 남은 문제는 이러
합니다.

신중히 고려하시기를.

소신에게는 딸이 있사온데, 하기야 곁에 있을
동안만이지만

그 딸이 공손하고 순종하여, 이걸 보십시오.

이것을 저한테 보여주었습니다. 들어보시지
요.(읽는다.)

"천사와 같은 내 영혼의 우상, 가장 미화된 오필리
어에게"

이건 문장이 덜 되었어, 미흡하군. "미화된"이라니

서툴러.

하여튼 들어주십시오. (읽는다.)

"그대의 아름다운 흰 가슴에 이 글을"

왕비 햄릿이 오필리어에게 보냈단 말이오?

폴로니어스 왕비 마마, 잠시만 기다려주십시오.

충실히 읽어드릴 테니. (읽는다.)

'별이 불덩이임을 의심하고

태양이 도는 것을 의심하고

진실을 거짓이라 의심해도

내 사랑은 절대로 의심 마시오.

오, 오필리어.

나는 시에 서툴고, 내 연정을 운율로 표현할 재주

가 없소.

그러나 믿어주오. 내가 그대를 가장 많이 사랑

한다는 사실을.

안녕. 이 몸이 살아 있는 한 가장 사랑하는 여인

이여

영원히 그대의 것인 햄릿으로부터'

제 딸은 이 글을 순순히 저에게 보여주었을 뿐
아니라
왕자님이 언제 어디서 어떻게 구애하셨는지
낱낱이 저의 귀에 털어놨습니다.

왕 오필리어는 햄릿의 사랑을 어떻게 받아들였
는가?

폴로니어스 폐하께서는 소신을 어떻게 생각하십
니까?

왕 충실하고 명예로운 인물이지.

폴로니어스 그런 인물이길 바랍니다.
하지만 폐하가 저를 어떻게 생각하셨을까요?
이 열렬한 사랑이 날개를 펴는 꼴을 보았을 때
'실은 제 딸이 말하기 전부터 눈치채고 있었고
이걸 말씀드려야겠습니다만은'
제가 책상이나 공책처럼 입을 닫고
이 사랑을 모르는 채 눈감았다면
두 분 폐하께서는 소신을 어떻게 생각하셨을까요?
소신은 즉시 손쓰고 딸에게 이렇게 타일렀습니다.

"그분은 왕자의 신분이시니 너하고는 거리가 멀다.
이런 일이 있어서 되겠느냐."라고 말합니다.
그러고는 왕자님이 찾아오시면 문을 잠그고
그분의 심부름꾼을 멀리하고
선물도 받지 말라 일러두었더니
제 딸이 그 말을 잘 지켰습니다.
그러자 거절당한 왕자께서는
간단히 말씀드리면 슬픔에 빠져
식음을 전폐하시고 불면증에 쇠약증에
어지럼증에 이어 그것이 악화된 끝에 지금처럼
광증에 이르렀으니 애통할 일입니다.

왕 왕비도 그렇게 생각하오?

왕비 그런 것 같아요. 그럴 듯합니다.

폴로니어스 여태껏 소신이 "그렇다." 하고 단언한
것이
그렇지 않은 적이 있습니까?

왕 내가 아는 한은 없었지.

폴로니어스 제 말이 틀렸다면, 제 머리를 몸뚱이

에서 떼어버리십시오.

단서만 잡힌다면 진상을 밝히겠습니다.

설사 그것이 지구 한복판에 숨겨 있대도 찾아내

고 말겠습니다.

왕 어떻게 더 알아볼 수 있겠소?

폴로니어스 아시다시피 왕자께서는 가끔

이 복도를 긴 시간 거니십니다.

왕비 참 그렇소.

폴로니어스 그런 때를 보아

제 딸을 왕자님께 풀어놓겠습니다.

폐하와 소신은 벽의 휘장에 숨어서

두 사람이 만나는 것을 살펴보기로 하지요.

만약 왕자께서 딸년을 사랑하지 않고

그 때문에 이성을 잃은 것이 아니라면

국사를 보필하는 자리에서 물러나

마차나 끌고 농사나 짓겠습니다.

왕 그럼 해봅시다.

왕비 저것 봐요. 불쌍한 애가 우울하게 책을 읽으며 오는군요.

폴로니어스 자, 두 분께선 자리를 피하시지요.
제가 곧 말을 걸어보겠습니다.

(왕과 왕비 퇴장.)

(햄릿 책 읽으며 등장.)

안녕하셨습니까, 햄릿 저하.

햄릿 잘 있네, 고맙군.

폴로니어스 왕자님, 저를 아십니까?

햄릿 알다 뿐인가, 자네는 생선 장수가 틀림없어.

폴로니어스 아닙니다, 왕자님.

햄릿 그럼 그 사람만큼만 정직하다면 좋겠군.

폴로니어스 정직이라뇨? 왕자님.

햄릿 아아, 선생님. 요즘 세상 같아서야
정직한 사람이 만 명에 한 명이나 될는지.

폴로니어스 그건 정말 사실입니다.

햄릿 태양 빛도 썩어 빠진 시체에 입을 맞추면
죽은 개에도 구더기가 생기는 법.
자네 딸이 있던가?

폴로니어스 있습니다, 왕자님.

햄릿 햇볕을 쬐면서 다니지 못하게 하게.

  머릿속 지식이 커지는 것은 좋은 일이지만

  딸의 배가 부풀어서야 되겠는가? 조심하게.

폴로니어스 (방백) 내가 뭐라든? 아직도 내 딸 타
령이네.

  그런데도 처음엔 나를 몰라봐 날더러 생선 장수
라고 했겠다.

  돌아도 너무 돌았어. 사실 나도 젊었을 때는

  사랑 때문에 몹시 시달렸지. 이 양반 못지않게.

  다시 말을 걸어볼까.

  무엇을 읽고 계십니까, 왕자님

햄릿 말이야, 말, 말.

폴로니어스 무엇에 관한 겁니까, 저하?

햄릿 네 용이 나타났어?

폴로니어스 읽고 계시는 내용 말입니다.

햄릿 험담이야. 곧잘 비꼬는 녀석이 한 말인데

  늙은이란 허연 수염에 얼굴은 쭈글쭈글

97

눈에서는 송진 같은 누런 눈곱이 주렁주렁

머리는 텅 비었고 허벅지는 허약하다는 거야.

나도 이 말을 통감하네만 이렇게까지 쓰는 것은

점잖지 못한 일이야.

당신도 나처럼 나이가 들 테니까.

만약 게처럼 옆으로 게걸음할 수 있다면 말이야.

폴로니어스　(방백) 미치긴 했지만 말에는 조리가

있어.

바람을 쐬지 마시고 안으로 들어가시죠, 왕자님.

햄릿　내 무덤 속으로 말이지?

폴로니어스　정말, 거긴 정말 바람이 없을 테죠.

(방백) 가끔 의미심장한 말을 하신단 말씀이야!

멀쩡한 사람도 그렇게 꼭 맞는 말을 할 수 없을걸.

미친 사람은 가끔 적절한 표현으로 정곡을 찌른

단 말이야.

이제 여길 떠 당장 내 딸과 만나도록 방법을 꾸며

야겠어.

왕자님, 소신, 이제 물러가도록 허락해주십시오.

햄릿 뭐든지. 내 기꺼이 허락하네.

  내 목숨, 내 목숨, 목숨만은 빼놓고 말이야.

폴로니어스 안녕히 계십시오, 왕자님.

햄릿 지긋지긋하고 멍청한 늙은이 같으니.

로젠크란츠와 길든스턴 등장.

폴로니어스 햄릿 왕자님을 찾으신다면, 저기 계시네.

로젠크란츠 (폴로니어스에게) 안녕히 가십시오.

폴로니어스 퇴장.

길든스턴 존경하는 왕자님.

로젠크란츠 경애하는 왕자님.

햄릿 반가운 친구들이 나타났군!

  잘 있었나, 길든스턴.

  아, 로젠크란츠도! 어떻게 지냈나?

로젠크란츠 보통 사람처럼 그럭저럭 지냈습니다.

길든스턴 행복하지만 지나치게 행복한 것도 아니고, 행운의 여신이 쓰는 모자의 꼭대기에까지는 가지 못했습니다.

햄릿 그렇다고 여신의 신발 밑창은 아닐 테지?

로젠크란츠 그렇지도 않습니다.

햄릿 그럼 자네들은 그녀의 허리 부근에 매달려서 중간 정도의 호의를 받으며 살고 있나?

길든스턴 실은 허리 조금 아래에 삽니다.

햄릿 여신의 은밀한 곳에 산다고?
   사실 그럴 테지. 그녀는 창녀니까. 좋은 소식이라도 있나?

로젠크란츠 없습니다, 왕자님. 세상이 정직해졌다는 사실 외에는.

햄릿 그럼 세상이 종말에 가까웠군.
   그렇지만 자네의 말은 틀렸어. 좀 구체적으로 묻겠네만
   자네들은 운명의 여신한테 무슨 잘못을 저질렀기에

이런 감옥으로 쫓겨 왔나?

길든스턴 감옥이라니요? 왕자님.

햄릿 덴마크는 감옥이야.

로젠크란츠 그럼 온 세계가 다 그렇겠죠.

햄릿 큼지막한 감옥이지. 그 안에 독방도 있고 토
굴도
있는데 덴마크가 제일 심해.

로젠크란츠 저희들은 그렇게 생각지 않습니다, 왕
자님.

햄릿 그래, 그렇다면 자네들에겐 아니로군.
세상엔 좋고 나쁜 것이 없어.
다만 생각이 그렇게 정해줄 뿐이야.
나에겐 감옥이야.

로젠크란츠 그건 왕자님의 포부가 너무 커서 그
러시겠죠.
이 나라가 왕자님의 뜻을 펴기에는 너무나 협소
하니까요.

햄릿 이것 참, 나는 호두 속에 틀어박혀 있어도

무한한 공간의 주인으로서 만족할 수 있는 몸이야.

꿈자리만 사납지 않다면 말이야.

길든스턴 그 꿈이 실은 야망일 겁니다.

그 야망의 실체란 것은 꿈의 그림자에 불과하니까요.

햄릿 꿈 그 자체가 그림자에 불과하네.

로젠크란츠 그렇습니다.

야망이란 공기처럼 허무해 가치가 없는 것.

그림자의 그림자에 불과한 겁니다.

햄릿 그럼 거지는 실체이고

왕과 야심만만한 영웅들이 거지의 그림자 격이겠군.

궁전에 들어갈까? 사실이지 나는 이치를 따지는 일엔 서툴러.

로젠크란츠, 길든스턴 저희들이 모시겠습니다.

햄릿 그럴 수야 없지. 자네들을 하인처럼 취급할 수는 없네.

정직하게 말하면 나는 하인들의 시중이 지긋지긋

하다네.

그런데 우리의 우정으로 묻겠네만 엘시노어에
는 왜 왔지?

로젠크란츠 왕자님을 뵈러 왔을 뿐, 다른 이유는
없습니다.

햄릿 나는 거지 신세라 보답이 궁색하네만 고맙네.
하기야 내 보답은 반 푼어치도 안 되겠지만.
자네들은 누가 불러서 왔겠지.
자발적으로 왔나? 자유로운 방문인가?
자, 정직하게 말해보게. 자, 어서 말 좀 해봐.

길든스턴 뭐라고 말씀드려야 할지, 왕자님?

햄릿 뭐든 좋아. 요점만 빼놓고는.
누가 불러서 왔지 않은가? 얼굴에 쓰여 있는걸.
자네들은 그걸 감출 정도로 교활하지는 못해.
왕과 왕비가 불렀다는 것쯤은 나도 알고 있으니까.

로젠크란츠 무엇 때문에요, 왕자님?

햄릿 그걸 나에게 일러주게.
우리 우정의 권리와 젊은이의 의기투합,

영원한 우정의 의무를 생각해보게.

말주변이 좋다면 더 멋지게 호소할 그것으로

엄숙히 물을 테니, 솔직히 털어놓게.

누가 불러서 왔지? 안 그런가?

로젠크란츠 (길든스턴에게 방백) 어떻게 하지?

햄릿 (방백) 안 되지. 내가 지켜보고 있는걸.

자네들이 나를 아낀다면 감추지 말게.

길든스턴 왕자님, 실은 부르셔서 왔습니다.

햄릿 그럼 그 이유를 내가 말해주겠네.

그러면 자네들이 털어놓기 전에 내가 앞질러 말한 꼴이 되니

왕이나 왕비께 몰래 맹서한 신의에도 손상은 가지 않을걸세.

나는 요즘, 왠진 모르겠지만 매사에 흥미를 잃었고

평소 곧잘 하던 무술도 집어치웠다네.

정말이지 마음이 몹시 우울해,

이렇게 아름다운 지구도 나에게는 황량한 불모

지처럼 보이고

이 기막히게 아름다운 하늘도, 좀 보게.

이 머리를 뒤덮은 찬란한 하늘, 황금의 별로 수
놓은 장엄한 천장도

내게는 더럽고 병균으로 오염된 수증기 덩어리
로 보일 뿐이네.

인간은 참으로 조화로운 걸작이 아닌가!

고결한 이성에 무한한 능력!

훌륭한 자태와 감탄할 만한 거동!

그 행동은 천사와 같고 신과 같은 지혜를 갖춘
인간!

이 세상 아름다움의 극치요, 만물의 영장!

그런데 이것이 나에게는 쓰레기처럼 보이니

인간이 흥미롭지 않아. 여자도 마찬가지이고.

근데 자네들은 웃는 걸 보니 그렇지 않은 모양
이군.

로젠크란츠 그런 뜻은 없었습니다.

햄릿 그럼 왜 내가 "인간이 흥미롭지 않다."라고 했을 때 왜 웃었지?

로젠크란츠 인간이 흥미 없으시다면
배우들이 얼마나 푸대접을 받을까 하는 생각이
들었기 때문입니다.
저희들은 오는 길에 배우들을 앞질러 왔는데
왕자님께 연극을 보여드리러 이리 오는 중입니다.

햄릿 왕의 역을 맡는 친구는 환영해주지.
내 그에 걸맞은 찬사를 해주겠네.
용맹스런 기사 역은 칼과 방패를 마구 휘두르게
해주고
연인 역에겐 사랑의 탄식이 헛되지 않게 보상해
주지.
변덕쟁이 역을 맡는 친구는 싸움질 않고 역을
끝내게 해주겠어.
광대 역에게는 건드리기 무섭게 허파가 끊어져
라 웃는 관객을
대 줄 것이고,
귀부인 역은 속마음을 마음껏 말하게 해주겠네.

안 그러면 대사가 끊어질지도 모르니까.

그 배우들은 어떤 사람들인가?

로젠크란츠 한때 왕자님께서 좋아하셨던 수도의

비극 배우들입니다.

햄릿 어째서 지방 순회공연에 나섰지?

수도에 눌러앉는 것이 명성이나 수입 면에서도

나을 텐데.

로젠크란츠 최근에 무슨 사건이 있어

수도에서는 공연이 금지당한 모양입니다.

햄릿 내가 수도에 머물렀을 때만큼 그들의 인기

는 여전한가?

지금도 구경꾼들로 떠들썩한가?

로젠크란츠 아닙니다. 이젠 그렇지 않습니다.

햄릿 어째서 그런가? 연기력이 녹슬었나?

로젠크란츠 아뇨, 여전히 열심히 하고 있지만

새끼 매 같은 소년 극단이 생겨

목이 터져라 외치고 있는데

이게 요란스러운 박수갈채를 받고 있습니다.

이것이 요즘 유행인지라 '대중 무대'라는 것을

그 애들이 그렇게 부르는데, 시들해졌고

칼을 찬 신사 나리들도, 저쪽 작가의 붓이 무서워

이쪽에는 감히 접근할 생각을 못한답니다.

햄릿 뭐, 소년 배우라고? 누가 끼고 도나?

보수는 어떻지? 변성기 전까지만 연기를 하나?

그들도 나이 먹어 성인 연기자가 될 텐데.

달리 생계가 마련되어 있는 거면 또 몰라도 그

럴 게 뻔한데.

자기 장래 직업을 헐뜯은 결과밖에 되지 않으니

작가들을 원망하지 않겠나?

로젠크란츠 그래서 양자 간에 시비도 많았습니다.

세상 사람들도 둘의 싸움을 부추기도 나쁠 것

없다고 하고요.

한동안은 작가와 배우들 사이의 싸움 장면이 없

으면

연극이 팔리지 않을 정도였습니다.

햄릿 그게 정말인가?

길든스턴 네, 정말 대단했지요.

햄릿 소년 극단이 이겼는가?

로젠크란츠 그렇습니다. 헤라클레스 상징을 단 글로브 극장이고 뭐고 다 휩쓸었습니다.

햄릿 이상할 것도 없지.

내 숙부가 덴마크의 왕이 되니, 선친이 살아 계실 때는 그렇게도 숙부를 두고 이러쿵저러쿵 하던 친구들이 이제는 손바닥만 한 숙부의 초상화를 두고 수십 수백 냥의 금화를 주고 사고 있으니 말이야.

정말이지, 이런 자연스럽지 못한 일은 학문이 어떻게 설명하겠나.

나팔 소리.

길든스턴 배우들이 왔습니다.

햄릿 친구들, 엘시노어에 잘 왔네. 손을 잡아보세. 환영에는 정중한 격식과 예절이 어울리는 법.

이 악수로 예의를 표하겠네. 배우들을 정중하게
환영하는 것은 자네들에 대한 환영보다 더 융숭
하다는 오해를 받을 것 같으니.

잘 왔네. 자네들도.

그렇지만 나의 숙부인 아버지와 숙모가 된 어머
니는 속으셨어.

길든스턴 속으셨다니요, 왕자님.

햄릿 나는 북북서풍이 불 때만 미쳐.

남풍이 불 때는 나도 매와 톱쯤은 분간할 수 있
거든.

폴로니어스 재등장.

폴로니어스 안녕들 하시오, 두 분.

햄릿 이봐, 길든스턴. 그리고 자네도.

양쪽 귀를 세워서 잘 듣게.

저 큰 갓난애는 아직 기저귀 신세를 면치 못하
고 있어.

로젠크란츠 아마 두 번째로 기저귀를 차신 걸 겁
니다.

늙으면 도로 갓난애가 된다고 하지 않습니까?

햄릿 내 예언하겠네만

저 친구는 배우들 얘기를 하러 왔을 거야. 잘 보게.

안녕하시오. 정말 그때가 월요일 아침이었지.

폴로니어스 왕자님, 아뢸 소식이 있습니다.

햄릿 나리, 아뢸 소식이 있습니다.

로스키우스가 로마에서 배우로 있을 때.

폴로니어스 배우들이 이리로 오고 있습니다.

햄릿 옳거니, 옳거니.

폴로니어스 소신의 명예를 걸고.

햄릿 배우들이 나귀를 타고.

폴로니어스 천하의 명배우들입니다.

비극, 희극, 역사극, 전원극, 전원적 희극,

역사적 전원극, 비극적 역사극,

비극적, 희극적, 역사적, 전원극,

장면에 변화가 없는 것 또는 있는 것 등

무엇이든 할 수 있는 배우들입니다.

세네카의 비극도 무겁지 않고

플라우투스의 희극도 경박하지 않게 해내죠.

삼일치법의 엄격한 극이건

자유로운 즉흥극이건 척척 해낼 수 있는 유일한

배우들입니다.

햄릿 아, 이스라엘의 명재판관 에프타 님,

그대는 얼마나 소중한 보물을 간직하였다고요!

폴로니어스 무슨 보물을 가졌단 말씀이시죠, 왕
자님?

햄릿 있잖소. "더없이 귀여운 외동딸이라,
부친은 끔찍이 사랑했으니."

폴로니어스 (방백) 아직도 내 딸 타령이군.

햄릿 내가 틀리진 않았지, 늙은 에프타?

폴로니어스 소신을 에프타라 부르신다면,
소신도 끔찍이 사랑하는 딸이 있사옵니다.

햄릿 아니, 그렇게 되지 않아.

폴로니어스 그럼 어떻게 됩니까, 왕자님?

햄릿 그걸 몰라? "신만이 아는 운명처럼" 다음엔
이렇게 "세상사 다 그렇듯 일이 났구나."
그 뒤는 성가의 첫 소절을 보면 알 수 있어.
저것 보게, 기분 좋은 친구들이 나타나는군.

(네다섯 명의 배우 등장.)

잘 왔네. 여러분 모두 환영하오, 건강하니 기쁘군.
반가워 친구들, 아, 자네도 왔군!
요전에 봤을 때와는 달리 얼굴에 수염투성이야.
나한테 수염 자랑하려고 덴마크에 왔나?
여어, 이건 귀여운 아가씨 아닌가!
아가씨의 키가 요전보다는 하늘에 더 가까워졌
으니
구두 굽이 더 높아진 모양이군.
목소리가 못쓰게 된 금화처럼 금이 가지 않게 조
심하게.
잘 왔소. 자네들. 우리 프랑스의 매 사냥꾼마냥
닥치는 대로 한번 매를 날려보자고.
당장 대사 한 구절 듣고 싶네.

자, 멋진 솜씨를 좀 보여주게.

어서, 격정적인 대목을 읊어보게.

배우1 어떤 대목 말씀입니까, 왕자님?

햄릿 언젠가 내게 한 대목 읊어주는 걸 들었지.

무대에서는 한 번도 공연이 안 됐지만,

공연이 되었어도 한 번 이상은 안 됐을 거야.

내 기억으로는 그 연극은 대중에게 인기가 없었어.

돼지에 진주 목걸이 격이지.

그렇지만 그 대사는 내 보기엔, 물론 나보다

극에 대해 더 권위 있는 사람들의 귀에도 훌륭

했다네.

장면에 짜임새가 있고 기교가 있으면서도

이를 알맞게 억제한 극이야.

누군가가 한 말이 기억나네.

그 작품은 강한 맛을 위해 지나치게 양념을 친

것도 아니고

작가가 그럴싸한 멋을 위해 과장된 대사를 나열

한 것도 아니고

정직한 방식으로 달콤하면서도 건전한

이를테면 화려하기보다는 우아한 작품이라는

거야.

그중 한 구절이 특히 좋았네.

아이네이아스가 디도에게 하는 말인데,

특히 프리아모스 왕의 시해 장면을 말하는 대목

이지.

아직 기억이 생생하다면 이 구절부터 시작해보게.

가만 있자, 뭐였더라.

"험상궂은 피로스는 히르카니아의 야수처럼"

이게 아냐. 피로스로 시작하는데.

"험상궂은 피로스가 검은 갑옷 차림으로

시커먼 마음을 품고 재난을 몰고 올 목마 속에 잠

복하니

그 검은 용모에 간담이 서늘하다.

이제 그 험악하고 시커먼 몸에 끔찍한 문양을 덮

었더라.

머리부터 발끝까지

아버지들과 어머니들, 딸들과 아들들의 피로 검

붉은 피범벅이더라.

화염은 거리를 불태우고, 그 잔인하고 치명적인

불빛은

제 나라 왕의 죽음을 비추는구나.

피는 엉겨 아교처럼 굳어져

분노와 화염으로 그슬리고

온몸에 피를 뒤집어쓰고

두 눈은 홍옥처럼 붉어

지옥의 악마처럼 피로스는

노왕 프리아모스를 찾더라."

이어서 자네가 계속해보게.

폴로니어스 참 잘합니다, 왕자님.

억양도 좋고 내용 전달도 좋습니다.

배우1 "마침내 발견되는 프리아모스 왕.

노왕의 낡은 칼을 그리스군을 향해 휘둘러도

힘없는 팔은 허우적거리다 칼을 땅에 떨어뜨리

고 만다.

적수가 되지 않는 싸움이지만

피로스는 프리아모스를 몰아세워 분노의 칼을

휘두르니

공기를 가르는 칼바람에 노쇠한 노왕은 쓰러지고,

무심한 트로이 성도 일격을 당한 양 불타던 누

각과

바다로 쓰러지니, 이 무서운 굉음에

피로스의 귀가 얼어붙더라.

보아라! 노왕의 백발 머리를 내려칠 듯하던

그의 칼이 허공에서 얼어붙고

그림 속의 폭군처럼

피로스는 어찌할 바를 모르는 듯

우뚝 서 있을 뿐.

다가올 폭풍에 앞서 가끔 그렇듯,

하늘은 고요하며 구름은 미동도 않고

거친 바람도 잠잠하고 아래 대지는

죽은 듯 적막한데, 이내 하늘을 찢는 끔찍한 천

둥소리가

천지를 뒤흔들더라.

잠시 망설이던 피로스도

다시 복수심에 불타 날뛰며

사이클롭스가 마르스의 무적 갑옷을

버리려 망치를 내려치는 듯

피로스는 피 묻은 칼을 들어

무자비하게 프리아모스를 향해 내려치더라.

꺼져라, 꺼져! 이 창녀 같은 운명의 여신아!

신들이여, 뜻을 모아 이 여신의 힘을 빼앗아

여신의 수레바퀴에서 살과 테를 부수고

그 축을 하늘 산 밑으로 던져

악마가 들끓는 지옥의 밑바닥으로 굴러 떨어지

게 하소서!"

폴로니어스 이건 너무 깁니다.

햄릿 그럼 이발소에 보내 영감의 그 수염과 함께

짧게 다듬지.

제발 계속하게나.

이 사람은 우스갯소리나 음담패설이 아니면 조

는 자이니.

자, 이번에 헤쿠바 왕비의 장면을.

배우1 오, 머리를 싸맨 여왕을 본 자 누구인고?

햄릿 머리를 싸맨 여왕.

폴로니어스 좋은데. "머리를 싸맨 여왕"이라니 좋군.

배우1 "화염 불길을 끄려는 듯 억수 같은 눈물을
흘리며

맨발로 허둥지둥 뛰는 여왕이여, 왕관을 썼던
머리에

헝겊을 두르고 자식을 낳느라 뼈만 남은 허리에

걸친 옷이라곤 엉겁결에 두른 담요 한 장이니

이 모습에 누군들 운명의 여신에게 독설을 보내

지 않을 수 있으리.

그러나 그때 신들이 왕비를 보았다면

피로스의 칼이 남편의 사지를 난도질할 때

그 모습을 눈앞에서 본 왕비가 지른 끔찍한 비

명은

하늘에서 별들마저 그 가련함에 눈물 흘리고

인간사의 무심한 신들마저

탄식케 했으리라."

폴로니어스 보십시오, 저 배우의 안색이 변하고

눈물을 글썽입니다.

이제 그만하시지요.

햄릿 수고했소. 나머지 대사는 후에 또 부탁하겠네.

경, 배우들을 잘 돌봐주시오. 알겠소? 잘 대접해요.

배우야말로 시대를 요약한 역사니까.

죽은 후 당신의 묘비명이 나쁜 게,

살아생전 배우들의 험담보다는 나을 것이오.

폴로니어스 그들의 값어치에 따라 그들을 대접하

겠나이다.

햄릿 나, 이런 참! 훨씬 더 좋은 대우를 하란 말이오.

제 분수에 맞게 대우한다면야 누군들 회초리를

피하겠소.

그러니 경의 명예와 위엄에 어울리게 대우하시오.

저들의 자격이 부족할수록 그만큼 경의 선심이

빛나는 법이니.

안으로 모시게.

폴로니어스 갑시다.

햄릿 같이 가시오. 내일 연극을 보도록 하겠소.

(배우1만 남고 나머지 배우들은 폴로니어스와 함께 퇴장.)

할 얘기가 있는데 〈곤자고의 암살〉을 공연할 수
있겠나?

배우1 네, 왕자님.

햄릿 내일 밤 그걸 해주게. 내가 열댓 줄 정도 대
사를 더 넣으려 하니

그걸 사전에 연습할 수 있겠나?

배우1 네, 왕자님.

햄릿 잘됐네, 그럼 저 양반을 따라가게.

그런데 그 사람을 조롱하진 말고.

(폴로니어스와 배우1 퇴장.)

자, 친구들 이따 밤에 만나세.

엘시노어에 잘 돌아왔어.

로젠크란츠 안녕히 계십시오, 왕자님.

햄릿 잘들 가게.

121

(로젠크란츠와 길든스턴 퇴장.)

이제야 혼자구나!

아, 난 얼마나 못돼먹고 천박한 놈인가!

참으로 놀랍지 않은가? 아까 그 배우는

그저 꾸며낸 이야기에 공감하여

안색은 창백해지고, 눈물을 흘리며, 넋이 나간
표정에

목이 메어, 온몸이 상상의 인물과 일치하지 않
는가?

이 모든 것이 실체도 없는 헤카베를 위해서라니!

도대체 그 배우에게 헤카베가 무엇이기에!

헤카베에게 그는 무엇이기에 그토록 울어댈 수
있단 말인가?

만약 내 마음속에 들끓는 격정의 원인과 실마리를

그 배우에게 주었다면

그는 과연 어떻게 행동했을까?

무대는 눈물로 흘러넘칠 것이요,

무서운 대사로 관객의 고막을 뒤흔들고,

죄 있는 자는 미치게, 착한 자는 공포에 떨게
무지한 대중을 당황케 해서
눈과 귀를 마비시켰을 것임에 틀림없어.
그런데 나처럼 둔하고 미련한 놈은
몽상하듯 서성이며 아무 말도 못하고 있으니. 아
무 말도.
왕권도 귀중한 생명도 잔인하게 빼앗긴 선왕을
두고
입을 다물고 있으니.
나는 비겁한 인간이란 말인가?
나를 악당이라 부르고, 머리통을 후려갈길 자
없는가?
이 수염을 뽑아 내 얼굴에 내던지고, 코를 비틀
고 거짓말쟁이라고
소리 지를 자가 없는가? 누구 이런 짓을 할 놈이
없는가?
아, 빌어먹을 그걸 감수해야지. 왜냐하면 나는
간은 콩알만 하고, 탄압을

쓰게 느낄 쓸개가 빠진 놈이 틀림없기 때문이다.

그렇지 않다면 벌써 그 비열한 놈의 시체를 뿌려

하늘의 모든 매를 살찌워야 했었다.

그 흉악하고 음탕한 악당. 잔인하고 간사하고

추잡한 악당!

아, 복수다! 정말이나 난 얼빠진 놈이야.

사랑하는 아버지가 살해당했는데도,

하늘과 지옥이 복수하라고 독촉하는데도

매춘부처럼 혓바닥만 놀려 신세타령이나 하고

저주나 지껄이고 있으니

창피한 줄 알아라! 참! 정신 차리자.

흠, 들은 얘기가 있어.

죄 지은 자가 연극을 보던 중에 교묘한 공연에

마음속 깊이 뒤흔들려

그 자리에서 자기의 죄를 고백했다지.

살인의 죄는 혀가 없지만 이상하게도 스스로 말

하는 수가 있거든.

배우들에게 지시해 아버지의 살인과 흡사한 연

극을

숙부 눈앞에서 공연하자.

놈의 표정을 살펴 급소를 낚아채야지.

놀라는 기색이 보이면 내 할 일은 분명해진다.

내가 본 유령은 악마인지도 몰라.

악마는 그럴 듯하게 변신하는 힘이 있다니까.

그래, 아마 나의 나약함과 우울증에 파고들었겠지.

이런 기질을 가진 자에겐 특히 강한 힘을 발휘

하는 것이 악마이니

나를 속여 지옥에 떨어뜨리려 하는지도 몰라.

좀 더 확실한 증거를 찾아야겠어.

연극이야말로 왕의 본심을 들춰내는 유일한 방

법이다.

퇴장.

제3막

제1장 궁정 안

왕, 왕비, 폴로니어스, 오필리어, 로젠크란
츠, 길든스턴 등장.

왕 그래, 경들이 아무리 말을 돌려 물어도
왕자가 뭣 때문에 그런 광증을 부리며
조용해야 할 나날을
소란하고 난폭하게, 미친 것처럼 떠도는지,
그 이유를 알 길이 없단 말이지?

로젠크란츠 스스로도 실성했음을 고백하셨습니다만
그 원인을 말씀하려 들지 않으셨습니다.

길든스턴 누가 원인을 알길 원치 않으시는 듯,

그 진상을 털어놓게끔 몰고 가면 은근슬쩍 교묘

한 광기로

실성한 체하시면서 피해 버리십니다.

왕비 자네들은 잘 대해주던가?

로젠크란츠 점잖게 맞아주셨습니다.

길든스턴 하지만 내키지 않은 일을 억지로 하시

는 듯 보였습니다.

로젠크란츠 질문은 안 하셨지만 저희들의 요구엔

거침없이 대답해주셨습니다.

왕비 여흥을 좀 즐기도록 권유는 해봤는가?

로젠크란츠 네. 이리로 오는 도중에 어떤 배우들

을 앞질러 왔는데

그 소식을 전했더니 퍽 기뻐하시는 것 같았습니다.

배우들은 지금 이 궁정 어딘가에 있는데

오늘 밤 왕자님 앞에서 연극을 하도록 지시를

받은 걸로 알고 있습니다.

폴로니어스 사실입니다. 왕자님이 제게 두 분 폐

하께서도

관람하시도록 해달라고 부탁하셨습니다.

왕 기꺼이 응하겠소. 왕자가 만족한다니

내 마음도 기쁘오. 경들도 왕자의 기분을 더욱 돋워

그런 오락에 몰두할 수 있도록 몰아가게.

로젠크란츠 네, 폐하.

로젠크란츠와 길든스턴 퇴장.

왕 여보 거트루드, 당신도 나가주오.

실은 비밀리에 햄릿을 이리로 오게 하여 우연히

오필리어와

마주친 것처럼 해놓았기 때문이오.

그 애 아비와 내가 합법적인 염탐꾼으로서

안 보이게 몸을 감추고 몰래 숨어 지켜보며

그들의 만남을 잘 판단해

왕자의 행동으로 미루어 그의 고통이 과연

사랑의 고민 때문인가 아닌가를 알아낼 생각이오.

왕비 말씀대로 하겠어요 오필리어, 나는 네 미모가
햄릿의 광기의 원인이라면 정말 좋겠구나.
그래서 너의 착한 성품으로 그 애를 다시 제정
신으로 되돌려
두 사람 모두 행복해졌으면 좋겠어.

오필리어 왕비 마마, 저도 그렇게 되길 바랍니다.

왕비 퇴장.

폴로니어스 오필리어, 너는 여기를 거닐고 있어라.
폐하께서도 황공합니다만, 저와 함께 몸을 숨기
시지요.
이 책을 읽고 있어라. 기도문을 읽고 있다면야 혼자
있어도 구실이 되지.
이런 속임수는 비난받겠지만,
신앙심이 두터운 표정에 경건한 척하는 행동으로
악마라도 감쪽같이 속이는 일이 다반사라는 것
은 흔히 입증된 사실이지요.

왕 (방백) 아, 그건 정말 옳은 말이다.

이 말이 내 양심을 매섭게 채찍질하는구나.

분을 처발라 단장한 창녀의 뺨의 본색도

그럴싸한 말로 위장한 내 행동보다 더 추하진

않을 것이다.

아, 짐의 마음이 무겁도다!

폴로니어스 왕자께서 오십니다. 몸을 숨기시지요,

폐하.

왕과 폴로니어스 퇴장.

햄릿 등장.

햄릿 있음이냐, 없음이냐, 그것이 문제로다.

어느 쪽이 더 고상한가,

가혹한 운명의 돌팔매와 화살을 참고 맞는 것과

밀려드는 역경에 대항하여 맞서 싸워 끝내는 것

중에.

죽는다는 건 곧 잠드는 것. 그뿐이다.

잠이 들면 마음의 고통과 몸을 괴롭히는

수천 가지의 걱정거리도 그친다고 하지.

그럼 이것이야말로 열렬히 바랄 만한 결말이 아

닌가?

죽는다는 건 자는 것. 잠이 들면 꿈을 꾸지.

아, 그게 걸리는구나. 현세의 번뇌를 떨쳐버리고

죽음이라는 잠에 빠졌을 때, 어떠한 꿈을 꿀 것

인가를 생각하면,

여기서 망설이게 돼.

이게 바로 지긋지긋한 인생을 그처럼 오래 끌고

가는 이유야.

그렇지 않다면야 그 누가 견디겠는가? 시간의

채찍과 모욕을,

폭군의 횡포와 건방진 자의 오만,

버림받은 사랑의 고통, 질질 끄는 재판,

관리의 무례함, 훌륭한 사람이 소인배들에게 당

하는 수모를 참는

신세를 뭣 때문에 감수한단 말인가

단검 한 자루면 조용하고 편안해지는데.
누가 무거운 짐을 지고
피곤한 인생에 신음하며 땀을 흘리겠는가.
다만 죽음 다음에 겪을 어떤 것에 대한 두려움
때문에
결심을 못하는 것이 아닌가.
어떠한 여행자도 돌아오지 못한 미지의 나라
우리가 알지 못하는 저세상으로 날아가기보다는
차라리 현세의 익숙한 재앙을 참는 편이 낫다는
생각 때문이야.
이렇게 우유부단함이 우리를 비겁하게 만들어,
혈기 왕성한 결단은 창백하게 질려 병들어버리고
천하의 웅대한 계획도 흐름이 끊겨
실천하지 못하게 되는 법.
가만, 저기 아름다운 오필리어가 아닌가!
요정 같은 그대여, 그대가 기도할 때 잊지 말고
나의 죄를 빌어주시길.

오필리어 왕자님, 그동안 안녕히 지내셨는지요?

135

햄릿 고맙군. 좋아, 잘 있네.

오필리어 왕자님, 여기 제가 오래전부터 되돌려
드리고 싶었던
정표들이 있습니다. 이제 그것들을 받아주십시오.

햄릿 아니오. 안 받겠소. 난 그대에게 아무것도
준 것이 없소.

오필리어 왕자님이 더욱 잘 아실 텐데요.
선물에 향기로운 말씀을 감싸주시어 더욱 빛이
났지만
이제는 그 향기가 사라졌으니 받아주십시오.
고귀한 마음에게는 귀중한 선물도 주신 분이 무
정해지면 초라하게 보입니다.
여기요, 왕자님.

햄릿 하하! 그대는 순결하오?

오필리어 네?

햄릿 그대는 아름다운가?

오필리어 무슨 말씀이신지요, 왕자님?

햄릿 당신이 순결하고 고우면, 당신의 순결은 당

신의

아름다움에 어떤 대화도 허락지 말란 뜻이오.

오필리어 왕자님, 아름다움이 순결과 관계를 맺는 것 이상으로

더 좋은 게 있단 말입니까?

햄릿 아, 그렇지. 정숙함이 미모를 정숙하게 만들기보다

미모가 정숙함을 음란하게 타락시키는 게 더 쉽지.

이전엔 이 말이 궤변에 불과했지만 오늘날엔 상식이 되었네.

한때 나는 그대를 사랑했소.

오필리어 왕자님, 저도 정말 그렇게 믿었습니다.

햄릿 나를 믿어선 안 됐는데. 오래된 그루터기에

제아무리 미덕의 싹을

접목시켜 봤자 본색이 드러나기 마련이니.

난 그대를 사랑한 적이 없소.

오필리어 그럼 저는 더욱 속은 꼴입니다.

햄릿 수녀원으로 가시오. 뭣 때문에 죄인을 낳으려

하시오?

내 스스로 꽤 괜찮은 인간이라고 생각하지만
그래도 이런저런 죄를 지었으니 차라리
어머니가 나를 낳지 않으셨다면 좋았을 뻔했소.
나는 오만하고 복수심에 불타고
야심을 품은 놈이오. 그래서 마음만 먹으면
지금까지 상상하고 실행에 옮긴 것보다
더 많은 죄악을 저지를 수 있단 말이오.
나 같은 놈들이 하늘과 땅 사이에 기어 다녀서 뭘
하겠소
사내란 형편없는 악당이오. 누구 하나 믿을 것
이 못 돼.
수녀원으로 가시오. 아버지는 어디에 있소?

오필리어 집에 계십니다.

햄릿 밖에 못 나오게 문을 꼭 잠그고 있으라고
하시오.
그래서 그가 자기 집 안을 빼놓고는 아무 데서
도 바보짓을 못하도록 하시오.

잘 가시오.

오필리어 오, 자비로운 하늘이시여, 이분을 도우
소서.

햄릿 만일 그대가 결혼을 한다면 지참금으로 이
저주를 선물하지.

제아무리 얼음같이 정숙하고 백설처럼 순결해도
세간의 악담은 면할 수 없을 거요. 수녀원으로
가시오. 잘 가오.

그래도 결혼을 하려거든 바보와 하시오.

현명한 남자라면 누구나

여자가 자기를 어떤 괴물로 만들어놓을지 잘 알
기 때문이오.

수녀원으로 가시오. 그것도 빨리. 안녕.

오필리어 하늘의 신들이시여, 저분을 제정신으로
돌려주세요.

햄릿 당신들의 화장술도 익히 들었소.

신은 여자들에게 하나의 얼굴을 주었지만

여자는 또 하나의 얼굴을 만들어낸다던데.

꼬리를 치고 걷질 않나 혀 짧은 소리를 내고
하나님의 창조물에 별명을 붙이질 않나
음탕한 짓을 하고선 몰라서 그랬다고 잡아떼고.
집어치워. 더 이상 참을 수 없소.
그런 짓이 나를 미치게 했다고.
결혼 같은 건 없어져야 해.
이미 결혼한 놈들은 한 놈만 빼놓고 다 살려주지.
나머지 친구들은 그대로 독신을 지켜야 해.
가시오. 수녀원으로.

        퇴장.

오필리어   아, 그처럼 고귀한 정신이 이렇게 무
너져 줄이야!
귀족, 무인, 학자의 식견과 구변, 용맹을 갖추고
이 나라의 희망이요, 꽃이며 풍속의 거울이자
예절의 본보기로서
만인이 우러러보던 분이셨는데. 이제는 완전히

변해 버리셨으니.

그리고 이 몸은, 그분의 아름다운 꿀 같은 맹세를 빨아 마시던 나는,

여인 중에 가장 초라하고 불쌍한 신세가 되었으니.

고운 종소리처럼 울리던 고상하고 성스러운 그분의 이성이

거칠게 깨지는 소리를 들어야 하다니.

비할 바 없는 그 모습, 꽃같이 젊은 자태가

광기에 시들어가는 것을 보게 되었구나.

아, 가엾은 내 신세여.

그분의 예전 모습이 눈에 선한데, 이제 와서 이런 꼴을 보다니!

왕과 폴로니어스 등장.

왕 사랑이라고! 왕자의 마음은 그쪽으로 향해 있지 않네.

말도 다소 두서없기는 하지만 미친 소리 같지는

않소.

그의 마음속에 뭔가가 도사리고 있고 우울증이
그걸 품고 있네.

그것이 부화해 알을 깨고 나오면 분명 위험해질
게야.

그걸 막기 위해 나는 급히 이렇게 결단하겠소.

왕자를 속히 영국으로 보내 밀린 조공을 독촉할
참이오.

아마 바다와 색다른 이국적 풍물을 접하면

왕자의 마음속에 맺힌 응어리가 풀릴 수 있지
않겠소.

그의 생각을 뒤흔들어 실성하게 만들어버린 그
것 말이오.

어떻게 생각하오?

폴로니어스　좋은 생각이십니다. 그렇지만 소신은
아직도

왕자님이 상심한 연유를 상사병이라고 믿습니다.

괜찮으냐, 오필리어?

햄릿 왕자님이 하신 말씀을 보고할 필요는 없다.
죄다 들었으니까.

폐하, 원하시는 대로 하시지요. 하지만 괜찮으
시다면

연극 공연이 끝난 뒤 왕비께서 왕자님을 따로 부
르셔서

수심의 원인이 무엇인지 알아보는 것이 어떻습
니까?

왕비 마마가 물어보시는 동안, 허락하신다면

소신이 숨어 두 분의 말씀을 엿듣겠습니다.

왕비께서 원인을 찾지 못하신다면 왕자님을 영
국에 파견하거나

폐하께서 적절하다고 생각하는 장소에 감금하
시지요.

왕 그렇게 합시다. 지체 높은 자의 광기는
그대로 방치해서는 아니 되오.

퇴장.

제2장 궁정 안

햄릿과 배우 세 명 등장.

햄릿 그 대사를, 부탁인데, 내가 해 보인 것처럼
혀를 매끄럽게 놀려 자연스럽게 읊어주게. 그러
지 않고
다른 배우들처럼 과장해서 소리나 내지를 바에
야 차라리
거리의 포고꾼에게 부탁하겠어. 또 손을 이렇게
과장되게
허공에 대고 자주 휘두르지 말고, 모든 것을 적

당히 하라고.

이를테면 격류, 폭풍우, 회오리바람처럼

감정이 북받치는 순간일수록

이를 자제해서 부드럽게 표현하란 말이오.

아, 머리에 가발을 쓴 난폭한 녀석이 삼등석 관
객, 그러니까

기껏해야 뭔지도 알 수 없는 무언극이나

소음밖에 모르는 삼등석 관객들을 향해 귀가 찢
어져라

마구 소리를 질러, 격정적인 대사를

갈가리 찢어 내뱉는 꼴을 보면 내 영혼까지 불쾌해.

난 그런 녀석이 터머건트 뺨치고 폭군 헤롯 왕
을 넘어설 정도로

과장된 연기를 하면 채찍으로 후려갈기고 싶단
말이야.

제발 그런 연기는 삼가주게.

배우1 명심하겠습니다.

햄릿 그렇지만 대사가 너무 맥이 빠져도 안 돼.

분별력 있게 하라고.

동작을 대사에, 대사를 동작에 맞추되

특히 지켜야 할 일은 자연의 절도를 넘어서는

안 된다는 것이야.

무엇이든 도를 넘으면 연기의 목적에서 멀어지

는 것이니까.

연극의 목적이란 예나 지금이나

이를테면 자연에 거울을 비추듯이

선한 것은 선한 모습 그대로, 추한 것은 추한 모

습 그대로

이 시대와 이 시절의 참다운 모습을 명료하게

보여주는 데 있다네.

그러니 자연의 절도에 지나치거나 모자라면

식별력 없는 놈은 좋아라 웃겠지만

안목이 있는 사람은 실망할 거네.

자네들은 안목 있는 사람의 평가를

극장을 가득 메운 사람들의 평가보다 더 비중

있게 받아들여야 하네.

오, 내가 어떤 배우들의 연극을 본 적이 있는데
다른 사람들은 칭찬을 했지만, 그것도 크게 칭
찬을 했는데도,
내 말이 좀 지나칠지는 몰라도 그 배우들은
기독교인다운 말씨도 보여주지 못했어.
기독교도건 이교도건 아니, 도대체 인간이라는
것이 저런 꼴로
걷고 소리 지르나 싶은 정도였으니
난 조물주의 조수 몇 명을 시켜 인간을 빚다가
서툴게 빚었다고 생각했어.
그만큼 인간을 흉측하게 모방했단 말이야.

배우1 저희들이 그 점을 꽤 많이 바로잡았기 바랍
니다.

햄릿 철저히 바로잡아주게. 그리고 광대역을 하
는 배우에게는 주어진 대사 이외의 것은 못하게
하게.
그들 중에는 머리가 둔한 관객을 웃기려고 자기
가 먼저 웃는 자도 있으니까.

그사이에 연극의 중요한 부분은 다 잊어 먹는단
말이야.

그건 한심한 일이지.

그런 짓을 하는 광대는 가장 딱한 야심을 보여주
는 거야.

자, 어서 가서 준비를 갖추게.

(배우들 퇴장.)

(폴로니어스, 로젠크란츠 그리고 길든스턴 등장.)

폴로니어스 경! 왕께서도 연극을 보신답니까?

폴로니어스 네, 왕비께서도 관람하시겠답니다. 곧
나오십니다.

햄릿 배우들더러 서두르라고 하시오.

(폴로니어스 퇴장.)

자네들도 좀 재촉해주게.

로젠크란츠 네, 저하.

로젠크란츠, 길든스턴 퇴장.

햄릿　이보게, 호레이쇼.

호레이쇼 등장.

호레이쇼　부르셨습니까, 왕자님.

햄릿　호레이쇼, 내 여태껏 사귀어온 사람 중에서
　자네만큼 올바른 사람은 없었네.

호레이쇼　아, 무슨 말씀을…… 저하

햄릿　아냐, 아첨이라고 생각지 말게.
　겨우 먹고살 재산과 훌륭한 성품 이외엔 없는 자
　네인데
　자네에게 그런 말을 한다고 내가 덕 볼 것이 어디
　있겠나.
　가난뱅이에게 무엇 때문에 아첨을 해.
　아냐, 달콤한 혓바닥 핥기를 좋아하는 일은
　허식에 찬 바보에게 맡기게.
　아첨을 해서 이득이 있다면 무릎 관절을 자유자
　재로 움직이며 굽실거리라고 하지.

알겠나?

내 영혼이 선택할 수 있는 주체가 되고 사람을 알아볼 수 있는 분별력을 갖게 된 이래, 내 사람 이라고 점찍은 것은 자네뿐이야.

왜냐하면 숱한 고난 속에서도 아픔을 나타내지 않고 운명의 여신으로부터 타격을 받건 혜택을 받건 똑같이 감사하는 마음으로 대하는 것이 자네니까.

감정과 이성이 잘 조화되어 운명의 여신이 부는 피리에 맞춰 마음대로 조작해내는 소리에 놀아나지 않는 사람은 행복한 거야.

감정의 노예가 되지 않은 사람이 있다면 알려주게. 그런 사람이라면 나는 그대처럼, 암, 내 마음속 깊이 마음의 끝까지 간직할 거야.

너무 말이 많았네. 오늘 밤 왕 앞에서 연극이 행해질 거야.

그중 한 장면이 자네에게 얘기한 부친의 사망 경위와 흡사한 장면이 있네. 부탁인데,

그 장면이 진행되는 동안 온 정신을 집중해서
내 숙부를 관찰해주게.
만약 어떤 대사에도 숙부의 숨은 죄악이 드러나
지 않는다면 우리가 본 유령은 악마일 것이고,
내 상상력은 화신 불칸의 대장간처럼 탁하고 더
러워진 거야.
숙부를 주의해서 보게.
나도 눈을 그 얼굴에 못 박듯 지켜볼 테니까.
나중에 우리 의견을 나누어 숙부의 거동에 대해
판단을 내려보세.

호레이쇼   알겠습니다. 공연 도중 왕께서 신을 속
여 감시를 피한다면
그 도둑맞은 부분에 대한 책임을 지지요.

나팔수와 고수 등장. 요란한 음악을 연주한다.

햄릿   연극을 보러 오는군. 난 병신 짓을 해야 해.
자네는 자리를 잡게나.

나팔 소리. 왕, 왕비, 폴로니어스, 오필리어,
로젠크란츠, 길든스턴 그리고 다른 신하들과
시종들이 햇불을 든 왕의 근위병과 함께 등장.

왕 우리 조카 햄릿은 어떻게 지내고 있느냐?

햄릿 훌륭합니다. 카멜레온처럼 공기만 먹고 살죠.
약속으로 가득 찬 공기를 먹고 있죠.
거세한 수탉도 이런 모이로는 기를 수 없을 겁
니다.

왕 무슨 말인지 모르겠구나. 햄릿, 그건 나하곤
관계없는 대답이다.

햄릿 네, 이젠 저하고도 관계없죠.
(폴로니어스에게) 경이 대학에서 한때 연극을 하
셨다지요?

폴로니어스 그렇습니다. 왕자님, 좋은 배우라는
칭찬을 받았죠.

햄릿 무슨 역을 맡았습니까?

폴로니어스 율리우스 카이사르 역을 했는데

카피톨 신전에서 살해당했죠. 브루투스 손에.

햄릿 이런 바보를 의사당에서 죽이다니 좀 잔인하군.

배우들은 준비가 됐는가?

로젠크란츠 네, 저하. 지시를 기다리고 있습니다.

왕비 이리로 오거라, 내 아들 햄릿, 내 곁에 앉으려무나.

햄릿 아뇨, 어머님. 여기 더 끌리는 것이 있습니다.

햄릿이 오필리어 곁으로 간다.

폴로니어스 (왕에게) 허, 들으셨지요?

햄릿 아가씨, 무릎 사이에 들어가도 될까요?

오필리어 안 됩니다, 왕자님.

햄릿 아니, 무릎을 좀 베자는 말이오.

오필리어 네, 왕자님.

햄릿 내가 무슨 상스런 짓이라도 할 줄 알았소?

오필리어 전 아무 생각도 안 했습니다, 왕자님.

햄릿 처녀 다리 사이로 들어간다는 건 즐거운 것

　　이오.

오필리어 어째서요, 왕자님?

햄릿 빈집이니까.

오필리어 명랑하십니다, 왕자님.

햄릿 누가, 내가?

오필리어 네, 왕자님.

햄릿 오, 이런. 난 당신의 어릿광대거든.

　　인간이 명랑하지 않고서야 무얼 하겠나?

　　보라고, 우리 어머님이 얼마나 유쾌한 얼굴을

　　하고 계신지.

　　아버님이 돌아가신 지 두 시간 만에 말이오.

오필리어 아닙니다. 두 달의 갑절은 되지요, 왕자님.

햄릿 벌써 그렇게 됐나?

　　그럼 악마더러 보통 상복을 입으라고 해야겠어.

　　나는 가죽 상복을 입을 테니. 오, 맙소사.

　　돌아가신 지 두 달인데, 아직도 잊히지 않는다니!

　　그렇다면 영웅의 이름은 넉넉히 반년 이상 남아

있겠는걸.

그렇지만 아가씨, 그는 분명 교회를 여러 채 지어야 할 거요.

안 그러면 잊힐 테니까, 춤추는 목마와 함께.

왜냐하면 그 말의 묘비명이 '오! 오! 목마는 잊혔다'이니까.

(나팔 소리. 무언극이 시작된다.)

왕과 왕비가 등장. 서로 다정히 포옹한다. 왕비가 무릎을 꿇고 왕에게 사랑을 맹세하는 모습을 보인다. 왕이 왕비를 일으켜 머리를 숙여 그녀의 목에 머리를 기댄다. 왕은 꽃이 만발한 들판에 눕고, 왕이 잠든 것을 보고 왕비가 나간다. 이어 한 사내가 들어와 왕의 왕관을 벗기고 거기에 입을 맞춘 후, 왕의 귀에 독약을 붓고 나간다. 왕비가 돌아와 왕의 죽음을 보고 격렬한 몸짓을 한다. 독살자가 무언극 배우 서너 명을 데리고 다시 나타나 왕비와 더불어 애도하는 척한다. 시체가 옮겨지

고, 독살자가 예물을 들고 왕비에게 구애한
다. 왕비는 한동안 차갑게 구는 것처럼 보이
나 결국 그의 사랑을 받아들인다.

모두 퇴장.

오필리어 왕자님, 저게 무슨 뜻입니까?
햄릿 글쎄, 이건 〈미칭 말리코〉라 부르는데 은밀
한 악행이라는 뜻이오.
오필리어 이제 시작할 연극의 주제를 전달하는가
보군요.

설명 역을 맡은 배우 등장.

햄릿 저 친구가 알려주겠지. 배우란 비밀을 못 지
키거든.
다 털어놓을 거요.
오필리어 무언극의 의미도 알려주겠죠?

햄릿 그야 물론. 어떤 것이든 아가씨가 보여주기만
한다면.
아가씨가 보여주길 부끄러워하지만 않는다면
그도 부끄러움 없이 죄다 설명해줄 거야.

오필리어 그런 망측한 말씀을……. 망측해라, 저
는 연극이나 구경하겠어요.

설명 역 〈우리 극단을 위해 그리고 비극을 위해
관대하신 여러분께 허리 굽혀 간청하오니 마음
을 푸시고 끝까지 들어주시기를 빕니다.〉

퇴장.

햄릿 저게 서두인지, 반지에 새긴 짤막한 글인지
모르겠군.

오필리어 정말 짧군요.

햄릿 여자의 사랑처럼.

왕과 왕비로 분장한 두 배우 등장.

배우 왕 그간 태양신의 불 마차가 바다의 신이 다
스리는 거친 바다와

대지의 신이 다스리는 너른 대지를 돌기를 열두
달씩 30년.

달도 빛을 빌려 열두 달씩 서른 번을 이 세상을
비춰주었소.

사랑의 신이 우리의 마음을 합쳐주고

우리의 손을 신성한 서약으로 묶어주신 이래로
말이오.

배우 왕비 태양과 달이 우리의 사랑이 끝날 때까지
그 이상의 수만큼 더 여행해주시기를…… 그러
나 요즘 전 우울해요.

최근 폐하가 병색이 보이시어

이전과는 달라진 용태에 근심이 앞섭니다.

그러나 제 근심이 앞선다고 하여 폐하께서는 상
심하지 마시옵소서.

여자란 사랑이 깊어지면 그만큼 근심도 많아지
는 법이니.

사랑과 근심은 전혀 없든가, 극단적으로 많은 법
이지요.

저의 사랑은 이미 아실 테니,

제 사랑이 큰 만큼 근심이 큰 것도 아실 테지요.

조그만 의심도 큰 사랑은 근심하고,

조그만 근심이 자라는 곳에서 사랑은 강해지는
법입니다.

배우 왕 부인, 사실 이제 나는 그대를 두고 떠나
야 하오.

그것도 멀지 않은 날에.

내 기력이 점점 쇠약해지고 있소.

그러나 왕비는 이 아름다운 세상에 살아남아 존
경과 사랑을 받으시오.

혹시 부드러운 좋은 이를 만난다면 남편으로……

배우 왕비 아, 나머지 말씀은 하지 마세요.

그러한 사랑은 저의 마음에는 반역과 다름없어요.

두 번째 남편을 맞이할 바에야 저주를 받겠어요.

두 번째 남편을 맞는 것은 첫 번째 남편을 살해

한 여자나 할 일.

햄릿   (방백) 쓰디쓴 말이구나.

배우 왕비   재혼의 동기는 사랑이 아니라 이기적
이고 천한 욕심입니다.

두 번째 남편과 이불 속에서 입 맞추는 일이란
죽은 남편을 또 한 번 죽이는 일이고요.

배우 왕   당신이 한 말은 나도 믿는 바요.
그러나 우리는 마음으로 결심한 일을 자주 깨뜨
리기도 하오.

결심이란 기껏해야 기억의 노예 같은 것이어서
탄생은 요란하지만 그 힘은 미약하오.

흡사 과일처럼 열매가 파랄 때는 나무에 매달려
있지만

익으면 흔들지 않아도 떨어지고 말지.

마음에 짊어진 부채를 갚는 일은 잊기 쉬운 일이요.

격정에 휩쓸려 결심한 마음이란

격정이 끝나면 희미해지는 것이고,

슬픔과 기쁨이 격렬하다 해도, 행동으로

옮겨지는 과정에서 그 감정은 소멸되어버리는 것이요.

기쁨이 극도에 달하는 곳에서는 슬픔도 더욱 커지고

별것 아닌 일에도 슬픔은 기쁨으로,

기쁨은 슬픔으로 변하게 마련이요.

이 세상은 무상한 것 그러니 사랑이 운명과 더불어 변한다고 해서 이상할 것이 어디 있겠소.

사랑이 운명을 이끌어가는지 또는 운명이 사랑을 이끌어가는지는 아직 누구도 밝힐 수 없는 문제로 남아 있소.

권세가 있는 자가 쓰러지면 그의 덕을 입던 자들은 도망가고, 보잘것없는 자가 출세를 하면 적들이 친구가 되는 법.

이처럼 사랑도 운명이 변하는 대로 따라가는 거요.

부자에게는 친구가 몰려들지만

가난한 자가 친구를 찾을 때는 오히려 상대를 적으로 모는 법이오.

아무튼 시작한 말의 매듭을 짓는다면,
우리의 결심과 운명은 그처럼 모순된 방향으로 달
리기 때문에 우리의 계획은 늘 뒤집히는 법이오.
우리의 생각은 우리 것이지만 그 결과는 아니라오.
그러니 지금은 두 번째 남편을 얻지 않겠다 하지만
첫 번째 주인이 죽으면 그런 생각도 죽을 거요.

배우 왕비 제게 먹을 것을 주는 이 대지와
빛을 주는 저 하늘을 앗아가시고
낮의 즐거움과 한밤의 휴식을 없애시고
믿음과 희망을 절망으로 변하게 하시고
감옥에 갇혀 은둔자의 고행을 하게 하시고
행복했던 얼굴을 창백하게 하시는 갖은 고난이
닥쳐와
이 몸이 간직했던 모든 것이 파괴되어도
그 고난이 현세에서 저승까지 악착같이 쫓아오
게 하소서.
만약 제가 과부가 된 다음, 다시 다른 사내의 아
내가 된다면 말이에요!

햄릿 만약 그녀가 저 맹세를 깨뜨린다면!

배우 왕 굳은 맹세를 했구려. 여보, 잠시 혼자 있게
해주오.

몸도 고단하고 무료한 날을 잠으로 잊고 싶소이다.

잠이 든다.

배우 왕비 잠으로 머리를 식히세요.

어떠한 불행도 우리 둘 사이에 일어나지 않을
거예요!

퇴장.

햄릿 어머니, 이 연극 마음에 드십니까?

왕비 내 생각엔 왕비의 맹세가 좀 지나치구나.

햄릿 아, 그렇지만 약속을 지킬 겁니다.

왕 연극의 내용을 들은 적이 있는가? 거기 무슨
악의는 없겠지?

햄릿 예, 그저 농담입니다. 독이 든 농담이랄까?

　　전혀 악의는 없습니다.

왕 이 연극의 제목은 무엇이냐?

햄릿 〈쥐덫〉이요. 거참, 기막힌 비유지요!

　　비엔나에서 있었던 살인 사건을 그린 것인데

　　공작의 이름이 곤자고입니다. 그 부인은 밥티스타

　　이고요.

　　곧 아시게 되겠지만 흉측한 사건이죠.

　　그렇지만 무슨 상관입니까?

　　폐하나 저희들처럼

　　깨끗한 마음을 갖고 있는 사람들을 건드리지 못

　　하지요.

　　피부가 곪은 망아지가 아파서 날뛴다고

　　우리의 몸이 가려울 리는 없으니까요.

　　　　　　　　　(루키아누스 역의 배우 등장.)

　　루키아누스라고 하는 친구인데 왕의 조카죠.

오필리어 설명 역처럼 환히 알고 계시네요, 왕자님.

햄릿 아가씨와 애인의 관계도 설명할 수 있지.

인형극처럼 만약 두 사람이 희롱하고 노는 꼴을
본다면.

오필리어 잔인하시군요. 왕자님, 날카로워요.

햄릿 내 칼날이 들어갈 땐 신음깨나 할 거요.

오필리어 더 고우나, 더 미워요.

햄릿 나쁘다면서도 여자들은 그런 사내를 남편으
로 삼지.

자, 시작해라. 살인자야.

그 저주받을 낯짝을 찡그리지 말고 어서 시작하
라고.

'복수하라고 외치는 까마귀 소리'부터.

루키아누스 검은 마음, 날쌘 손, 약효는 적중할 것
이고

시간도 알맞다.

시간까지 나와 공모하여 주위에는 보는 사람 하
나 없다.

한밤중에 캐낸 이 독초를 삶은 극약이여.

마녀 헤카테가 세 번 저주의 주문을 걸어

세 번 독기를 주입한 독약이여.

마법의 힘과 끔찍한 독성으로 건강한 생명을 순

식간에 앗아가라.

　　　자는 사람의 귀에 독을 부어 넣는다.

햄릿 왕관을 차지하기 위해 정원에서 독살을 한다.

　　왕의 이름은 곤자고,

　　이것은 실화로 그 기록이 고상한 이탈리아어로

　　쓰여 있지요.

　　곧 저 살인자가 어떻게 곤자고 아내의 사랑을

　　얻는지

　　보시게 될 겁니다.

오필리어 폐하께서 일어나십니다.

햄릿 저런, 가짜 불길에 놀라기라도 했나?

왕비 괜찮으십니까, 폐하?

폴로니어스 연극을 중지하라.

왕 불을 밝혀라. 돌아가겠다.

폴로니어스 불, 불을……! 햇불!

　　　　햄릿과 호레이쇼만 남고 모두 퇴장.

햄릿 그래, 얻어맞은 사슴은 울어라.

　　성한 수사슴은 뛰어놀 테니.

　　어떤 놈은 깨어 있고 어떤 놈은 잠자니

　　세상만사는 그렇고 그런 것.

　　여보게, 내 팔자가 엉망이 되면, 배우들 틈에서

　　한몫 할 수 있지 않을까?

　　새털이 무성한 모자나 뒤집어쓰고

　　줄무늬 구두에 장미꽃 리본쯤 달기만 하면 말이야.

호레이쇼 반몫은 할 수 있겠지요.

햄릿 완전한 한몫이라니까,

　　왜냐면 그대는 알리라, 오 데이몬.

　　허물어진 이 세상도 한때는 조브의 것이었으나

　　지금은 여기에 한 마리, 참새가 다스린다는 것을.

호레이쇼 좀 더 큰 새로 바꾸시지요.

햄릿 여보게, 호레이쇼.

내 그 유령의 말을 천 파운드를 내고 사도 아깝
지 않아.

분명히 보았지?

호레이쇼 네, 분명히.

햄릿 그 독살 장면도?

호레이쇼 똑똑히 보았습니다.

햄릿 아하! 자, 음악을 연주하라! 피리를 불어!

왕이 희극을 싫어하신다면 그건 싫어하시라고
해야지.

자, 음악을 연주하라.

로젠크란츠와 길든스턴 등장.

길든스턴 왕자님, 황공하오나 한 말씀 올리고자
합니다.

햄릿 하게. 세계 역사 전부라도 말하게.

길든스턴 실은 폐하께서.

햄릿 그래 왕께서?

길든스턴 들어가신 후 심기가 불편하십니다.

햄릿 과음을 하셨나?

길든스턴 아니오. 화가 나셨습니다.

햄릿 그렇다면 의사를 부르는 게 자네의 지혜가
더 돋보이는 일이 아니겠나.

내가 그의 화를 치료하다간 도리어 그를 더 깊
은 울화통에 처박아버릴걸.

길든스턴 왕자님. 말씀에 체계를 좀 잡으시고
제가 드리는 말씀에서 벗어나지 마십시오.

햄릿 네, 공손히 듣지요. 어서 말하시오.

길든스턴 왕비께서 크게 걱정하시어 저희를 여기
로 보내셨습니다.

햄릿 잘 오셨소. 환영하오.

길든스턴 저하, 그 인사 말씀은 이 자리에 적절치
않습니다.

저하께서 이치에 닿는 대답을 해주신다면
어머님의 분부를 전해드리겠지만

그렇지 않으면 황송하오나 신의 의무는 이것을
마지막으로 물러나겠습니다.

햄릿 그건 아니 되네.

로젠크란츠 뭘 말입니까, 저하?

햄릿 이치에 맞는 답변 말이네. 내 정신이 병이
들었네.

그렇지만 내가 할 수 있는 정도의 답변이라면
해주지.

아니, 자네 말대로, 어머님 분부대로 하겠네.

그러니 그만 따지고 본론에 들어가지. 어머님이
어떻다는 겐가?

로젠크란츠 왕비께서 말씀하시길,

왕자님의 거동에 너무도 놀라셨다고 하십니다.

햄릿 어머니를 경악하게 하다니 기막힌 자식이군.

그래 놀라신 다음에는? 아무 말씀 없으셨나?

로젠크란츠 주무시기 전에 왕자님께 조용히 하실
말씀이

있다고 하십니다.

햄릿 그 뜻에 따르겠네.

지금보다 열 곱절 더 어머니 노릇을 하시더라고 말이야.

더 용무가 있는가?

로젠크란츠 왕자님께선 예전엔 절 참 아껴주셨습니다.

햄릿 지금도 그렇지. 버릇 나쁜 이 두 손을 걸고 맹세하네.

로젠크란츠 그렇다면 왕자님께서 근래 울적해하시는 원인을 말씀해주십시오. 친구에게 슬픔을 털어놓지 않는다면 스스로 족쇄를 채우시는 것이 되지 않겠습니까?

햄릿 출세를 못 해 그러네.

로젠크란츠 당치 않은 말씀이십니다.

폐하께서 직접 덴마크 왕위의 계승자로서 왕자님을 언명하지 않으셨습니까?

햄릿 그렇긴 하지만, 속담에도 있듯이

'풀이 자라기를 기다리는 동안' 속담이 좀 곰팡

이 냄새가 나는군.

(배우들 피리를 들고 등장.)

오, 악단이 왔군. 피리 좀 이리 줘보게.

(길든스턴에게)

나 좀 보세.

어찌하여 자네는 이렇게 나를 몰아세우는가?

마치 나를 덫에 몰아넣으려는 것처럼.

길든스턴 뜻밖의 말씀을……. 아닙니다. 왕자님.
제 행동이 지나쳤다면 왕자님에 대한 저의 충성
이 과한 탓입니다.

햄릿 무슨 말인지 모르겠네. 이 피리나 좀 불어보게.

길든스턴 왕자님, 불 줄 모릅니다.

햄릿 부탁이야.

길든스턴 정말 못 붑니다.

햄릿 간청하네.

길든스턴 전혀 손도 댈 줄 모릅니다.

햄릿 거짓말보다 하기 쉬운걸세.
구멍을 손가락으로 막고 입으로 이렇게 불기만

하면 되네.

자, 보게, 이게 구멍이야.

길든스턴 하지만 그것들은 조화로운 소리로 내지
못할 겁니다.

제게는 그런 재주가 없습니다.

햄릿 아니, 여보게. 그렇다면 자네는 여태
나를 이 피리만도 못한 물건으로 생각했단 말인가!
자넨 지금 나를 조종해 연주하려 들지 않았나.
내 비밀의 핵심을 끄집어내고 싶어 안달을 하던데.
내가 마치 피리인 양 최저음에서 최고음까지 내
보려 했지 않은가?
이 조그만 악기에는 많은 음악과 절묘한 소리가
들어 있지만
자넨 그걸 불 줄 몰라. 빌어먹을. 그래.
내가 이 피리보다 다루기 쉬울 줄 아는가?
자네가 나를 무슨 악기로 본 간에
아무리 기를 써도 나를 다룰 순 없을걸세!

(폴로니어스 등장)

어서 오시오. 폴로니어스 경.

폴로니어스 왕비 마마께서 하실 말씀이 있다고
하십니다.

지금 바로 들라 하십니다.

햄릿 저기 저 흡사 한 마리 낙타와 같은 형상을
한 구름이 보이십니까?

폴로니어스 아이고, 저럴 수가. 정말 낙타 모양이
군요.

햄릿 아니, 족제비 같아 보이는데.

폴로니어스 등이 족제비같이 생겼군요.

햄릿 고래 같기도 하고.

폴로니어스 정말 고래네요.

햄릿 그렇다면 어서 어머니께 가봐야겠군.
(방백) 이자들이 나를 갖고 노는 꼴을 더 이상
참을 수 없어.

내 곧 가겠네.

폴로니어스 말씀대로 아뢰겠습니다.

햄릿 '곧'이라고 말하기는 쉽지.

(폴로니어스 퇴장.)

자네들도 물러가게.

(햄릿만 남기고 모두 퇴장.)

밤이 깊었구나. 지금은 마귀가 활개를 치는 때.
무덤은 크게 입을 벌리고 지옥은 독기를 내뿜는다.
낮이면 사지가 떨릴 무시무시한 일이라도 지금
은 해낼 것도 같구나.
가만있자, 우선 어머니부터 뵙고 와야지.
마음아, 본성을 잃지 말아다오.
이 확고한 가슴속에 네로의 영혼을 들이지 말자.
가혹하게 굴더라도 천륜에 어긋나는 짓은 하지
말아야.
이 일에 있어서만큼은 내 혀와 마음이 서로 속여
혀끝을 단도 삼아 내 어머니의 가슴을 찌르더라
도 정작 단도를
써서는 안 된다!

퇴장.

175

제3장 궁정 안

왕, 로젠크란츠, 길든스턴 등장.

왕 나는 왕자가 마음에 들지 않네. 점점 심해지는
햄릿의 실성한 행동을 그냥 방치해두면
국가의 안전에 무슨 위험이 올지 모르는 일 아
닌가?
그러니 자네들도 채비를 하게. 내가 친서를 써줄
터이니
자네들은 곧바로 왕자를 데리고 영국으로 가도
록 하라.

끊임없이 곁에서 자행되는 방자한 행동으로
우리의 안위가 위협받고 있으니 말이다.

길든스턴   지체 없이 채비하겠습니다.
폐하께 의지해 살아가는 뭇 백성을 안전하게 지
키는 일은
가장 신성한 임무이옵니다.

로젠크란츠   한 명의 개인의 삶도 위험에 빠지지
않게
전심전력을 다해야 하거늘,
하물며 많은 목숨이 의지하고 머무는 옥체는
더욱더 그래야 합니다. 국왕의 서거는
개인적인 사건이 아니라 소용돌이처럼
주변의 것들을 끌어들이니까요. 혹은
언덕 꼭대기에 고정된 거대한 수레바퀴와 같습
니다.
커다란 바큇살마다 무수히 작은 존재들이 달라
붙어 있어,
수레바퀴가 떨어지면 요란한 파괴와 함께

모든 작은 부속품의 하찮은 삶도 파괴됩니다.

왕이 한숨을 쉬면, 백성들은 신음을 내지요.

왕 자네들은 속히 출발을 준비하게,

지금 제멋대로 날뛰는 이 걱정거리에 족쇄를 채

우고 말테니.

두 사람 퇴장.

폴로니어스 등장.

폴로니어스 폐하, 지금 왕자가 왕비의 내전을 향

해 가고 있습니다.

제가 휘장 뒤에 몸을 숨기고 대화를 들어보겠습

니다.

물론 왕비께선 단단히 꾸중하실 줄 압니다만

폐하의 현명한 말씀대로,

어머니가 아닌 제삼자가 대화를 엿들을 필요가

있습니다.

모성은 편파적일 수 있으니 말입니다.

이만 물러가겠습니다. 주무시기 전에 폐하께 들러
들은 바를 고하겠습니다.

왕 고맙소, 수고해주시오.

（폴로니어스 퇴장.）

아, 내가 지은 더러운 죄악, 그 악취가 하늘을 찌르
는구나.
그건 인류 최초의 죄, 형제를 죽인 저주 때문이지.
이제 난 기도를 드릴 수도 없다.
그렇게 하고픈 마음이야 간절하지만,
무거운 죄의식이 의지를 꺾어버리니
나는 두 가지 일에 매어 있는 사람처럼
어느 쪽을 먼저 할지 망설이다가
둘 다 못 하는구나. 형의 피가 두껍게 굳어 있는
이 저주받은 손을 눈처럼 희게 씻어줄 빗물이
저, 자비로운 하늘에는 없는가? 죄인을 바라봐
주지 않는다면
자비가 다 무슨 소용인가? 기도를 하는 것은 죄
를 짓기 전에

미리 막아주든가, 죄를 지은 후에는 사해주는
이중의 힘 때문이라고
하지 않던가?
그렇다면 나도 고개를 들자.
내 잘못은 과거의 일이다.
아, 그렇지만 어떤 기도를 드려야 할까
"내 더러운 살인을 용서하소서." 그럴 수는 없어.
그 살인으로 빼앗은 것을 아직도 손아귀에 쥐고
있지 않은가.
이 왕관과 야망 그리고 왕비.
죄 지어 얻은 것을 쥔 채로 죄를 용서받을 수 있
을까?
이 부패한 속세에서는 죄 있는 자가
손에 들린 황금으로 정의를 밀어내고
사악한 이득으로 법을 매수할 수 있지만
천국에서는 그럴 수가 없어. 거기는 속임수는
통하지 않으니
만사가 있는 그대로 나타나고 우리가 범한 죄가

속속들이 드러나거든.

그렇다면 이제 어쩐다? 무슨 방도가 남았나 알
아보며

뉘우치는 시늉이라도 내보자. 그게 소용이 있을까.
도저히 참회할 수 없는데 그게 무슨 소용이겠어.
아, 비참한 신세여! 오, 죽음처럼 검은 이 마음!
그물에 걸린 영혼, 벗어나려 애쓸수록 더욱 심
하게 옭아매는구나!
천사들이여, 도우소서! 어디 한번 해보자!
꿇어라, 이 뻣뻣한 무릎아. 강철을 감은 심장아
새로 태어난 아기의 힘줄처럼 부드럽게 펴져라!
모든 일이 잘되겠지. (무릎을 꿇고 기도한다.)

햄릿 등장.

햄릿 기회가 왔구나! 그가 기도를 하고 있어. 지
금이다.

(칼을 빼 든다.)

그러면 놈은 천당엘 가고 나는 복수를 할 수 있다.
아니, 이건 좀 다시 생각해봐야겠는데.
이 악당은 내 아버지를 살해했어. 그 대가로
외아들인 나는 이 악당을 천국에 보낸다.
아니, 그건 일을 해서 받는 보상이지 복수가 아
니잖아.
놈은 아버지가 육욕에 빠지고
죄가 오월의 꽃들처럼 무성하고 한창일 때 무참
하게 살해했어.
아버지가 받을 심판을 하늘 외에 누가 알겠나?
하지만 속세의 생각으로는 아버지의 죄는 무거
울 거야.
그런데 놈이 영혼을 정화하고 저승에 갈 채비를
완전히 끝냈을 때
죽이는 것이 복수가 될 수 있을까?
아냐, 멈춰라, 칼이여. 좀 더 끔찍스러울 때가 있
을 거다.
만취해 잠에 곯아떨어졌거나 화를 낼 때,

잠자리의 음란한 쾌락에 빠졌을 때
도박과 폭언, 구원의 기미가 전혀 없는 행위에 몰
두할 때
이때를 노려 일격을 가하면
놈의 발뒤꿈치는 하늘 박차고 그 더러운 영혼은
저주받아 시커멓게 물들어 지옥으로 곤두박질
칠 게 아닌가?
어머니가 기다리신다.
네놈이 기도해봐야 고통의 날이 연장될 뿐이다.

햄릿 퇴장.

왕 (일어서면서) 말은 허공으로 날아가고 마음만
남는구나.
마음에 없는 말이 천국에 가 닿을 리 없지.

퇴장.

183

제4장 왕비의 내실

왕비와 폴로니어스 등장.

폴로니어스 왕자님이 곧 오실 겁니다. 엄하게 꾸
짖으셔야 합니다.
장난이 참을 수 없을 정도로 지나쳤고
폐하의 역정을 왕비님께서 겨우 막아내셨다고
말씀하십시오.
소신은 여기에 숨어 있겠습니다.
직설적으로 힐책하십시오.

햄릿 (안에서) 어머니! 어머니! 어머니!

왕비 내 그리 할 테니 걱정 마시오.

물러나시오. 그가 오는 소리가 들리니.

폴로니어스 휘장 뒤에 숨는다.

햄릿 등장.

햄릿 어머니, 무슨 일이십니까?

왕비 햄릿, 네가 아버지를 몹시 화나게 만들었다.

햄릿 어머닌 제 아버지를 몹시 화나게 만드셨죠.

왕비 저런저런, 쓸데없이 입을 놀려 대꾸하는구나.

햄릿 이런이런, 사악하게 입을 놀려 질문하시는
군요.

왕비 이게 무슨 일이냐, 햄릿?

햄릿 대체 무슨 일이죠?

왕비 내가 누군지 잊었느냐?

햄릿 천만에요. 그럴 리 있겠습니까?

당신은 이 나라 왕비이시고, 남편 동생의 아내
이시며,

185

또 아니라면 좋았겠지만, 저의 어머니이시죠.

왕비 정 그렇게 나온다면, 너와 말이 통할 이를 불러오마.

햄릿 자, 그냥 앉아 계시지요. 꼼짝 마시고요.

제가 거울을 보여드릴 테니

어머님의 속을 들여다보시기 전까지는 못 가십니다.

왕비 무슨 짓이냐? 나를 죽이려 하느냐? 오, 사람살려라!

폴로니어스 (휘장 뒤에서) 허, 큰일 났네! 사람 살려!

햄릿 (검을 빼 들고) 이건 뭐냐? 쥐새끼다! 죽어라. 죽어도 싸다!

휘장 속으로 칼을 찌른다.

폴로니어스 (휘장 뒤에서) 어이구, 내가 죽는구나!
(쓰러져 죽는다)

왕비 이럴 수가, 무슨 짓을 저지른 게냐?

햄릿   저도 모르겠습니다. 왕입니까?

휘장을 들춰서 폴로니어스의 시체를 발견한다.

왕비   이 무슨 경솔하고도 끔찍한 짓이냐?

햄릿   끔찍한 짓이라고요, 그렇죠. 어머니,
　　왕을 죽이고, 그 동생과 결혼한 것만큼 끔찍하
　　지요.

왕비   왕을 죽이다니?

햄릿   네, 그렇습니다. 왕비 마마.
　　(폴로니어스를 보며) 이 한심한 인간아.
　　경거망동하고 주제넘은 광대 같더니, 잘 가시오
　　그대의 상전인 줄 알았소. 팔자려니 생각하시오.
　　쓸데없이 참견하는 것이 얼마나 위험한 줄 이제
　　는 아셨겠지.
　　(왕비에게) 손을 그만 쥐어짜시고, 여기 앉으시지요
　　이제 내가 어머니의 심장을 쥐어짜드리지요.
　　그 마음에 무언가가 파고들 여지가 남아 있다면

말이죠.

그 마음이 악습에 젖어 아무런 감정도 느끼지

못하는 놋쇠처럼

굳어버리진 않으셨을 테죠.

왕비 대체 내가 무얼 했기에 네가 이토록 무엄하

게 구는 것이냐?

햄릿 어머니는 정숙한 여인의 품위와 수줍음을 흐

려놓고,

미덕을 위선으로 만들고, 순진한 사랑의 아름다

운 얼굴에서

장미꽃을 앗아 가는 대신 그 자리에 창녀의 낙

인을 찍어 넣으며,

백년해로의 혼인 서약을

노름꾼의 거짓 맹세처럼 뒤집어버리셨잖습니까?

오, 그런 행위야말로 혼인식에서 알맹이를 뺀 것

과 같고

종교의식을 한낱 말잔치로 만드는 것과 같지요.

하늘도 얼굴을 붉히고 이 단단한 땅덩어리도

심판의 날을 맞이한 듯 흥분하고 두려워 떠는

그런 소행이지요.

왕비 네가 어디 내 앞에서 그따위 무례한 말을 소

리 높여 내느냐?

햄릿 이 그림을 보시지요. 그리고 또 이걸 보시고요.

이것은 두 형제의 얼굴을 그린 초상화이지요.

이분의 이마 위에 서린 기품을 보시라고요.

태양신 히페리온의 굽이치는 머리카락과 주피

터의 이마를 닮고

군신 마르스의 눈빛으로 사방을 호령하는 듯하고

하늘까지 치솟은 언덕에 막 내려선 전령신 머큐

리를 닮은

늠름한 자태를.

모든 신이 도장을 찍어

인간의 본보기라고 보증해주신 듯한 이분을요.

이분이 바로 어머니 남편이셨죠.

그런데 이제 저것을 좀 보십시오. 저것이 현재

의 당신 남편입니다.

189

보리 이삭을 말려 죽이는 벌레처럼 건강한 형을
썩혀 죽인 자,

눈이 있으시면 보세요! 이 아름다운 산을 마다
하고

이 더러운 늪에 내려와 포식하고 있지 않습니까?
하! 눈이 있으시면 보세요!

사랑 때문이라고는 하지 마세요.

그 나이가 되면 욕정의 불도 꺼져 분별을 따르
기 마련이거늘

무슨 놈의 분별이 여기서 이리로 가게 합니까?

물론 감각이야 있겠지요. 그렇지 않으면 거동도
못 하실 테니.

그렇지만 그 감각은 마비된 것이 분명합니다.

미치광이도 이런 실수는 안 할 겁니다. 제아무리
감각이 환각에 빠졌어도 다소 선택의 여지는 남
아 있을 테니까요.

도대체 어떤 귀신에 홀렸기에 장님처럼 이런 실
수를 하셨답니까?

촉각이 없으면 눈으로, 눈이 안 보이면 촉각으로,

손이나 눈이 없어도 귀가 있고,

그 모든 것이 없어도 냄새를 맡을 수 있다면

아니, 어느 감각이라도 병든 한 조각만 남아 있

다면

이런 미련한 짓을 하지 않았을 겁니다.

아, 수치심아! 어디로 숨었느냐?

빌어먹을 욕정아, 네가 중년 여성의 반란을 일

으킨다면

타오르는 청춘 앞에 정조가 양초처럼

녹아버리는 것은 당연한 일!

억제할 수 없는 열정이 날뛸 때에는 수치심을

말할 것도 없지.

머리가 반백이 되어서도 스스로 불타고

이성이 욕정의 앞잡이가 되는 판국이니까.

왕비 오, 햄릿, 그만해라.

네 말을 듣고 비로소 들여다보이는 내 영혼,

아무리 하여도 지워지지 않을 시커먼 얼룩이 있

구나.

햄릿 아니, 그리고도 기름에 절고 땀에 젖은 이부
자리 속에 들어가
타락에 허우적대며, 그 추잡한 돼지와 희희낙락
하시죠.

왕비 그만! 제발 그만!
너의 말이 비수처럼 날아와 내 귀를 찌르는구나.
제발 햄릿, 그만해다오.

햄릿 살인자에 악당 놈,
전남편의 백분의 일만도 못한 놈.
악한 왕의 본보기이자 선반 위의 물건을 집듯
귀중한 왕관을 훔쳐 제 주머니에 처넣은
나라와 왕위의 소매치기.

왕비 제발 그만!

햄릿 쓰레기 넝마 같은 놈의 왕.

유령 등장.

192

햄릿 오, 천사들이시여, 날개로 이 몸을 보호해주
소서.

폐하께서 어찌하여 이곳에.

왕비 왕자가 미쳤구나!

햄릿 게으른 아들을 꾸짖으러 오셨습니까?

시간을 지체하고 결의를 방치한 채

지엄한 엄명을 속히 실행치 못한 저를.

말씀만 하십시오.

유령 잊지 마라. 내가 온 것은

네 느슨해진 결심을 벼리어주기 위함이다.

그런데 보아라, 네 어미가 놀라 망연자실해 있
구나.

어서 어머니의 영혼의 고통을 덜어주어라.

망상은 심약한 몸일수록 강하게 괴롭히는 법이다.

어머니에게 말을 걸어라, 햄릿.

햄릿 어머니, 괜찮으십니까?

왕비 오, 너야말로 괜찮으냐?

허공을 바라보며 실체도 없는 공기와

이야기를 하더구나. 정신이 나간 듯

두 눈을 부릅뜨고 자다가 비상에 걸린 군인마냥

머리칼이 쭈뼛하게 곤두셨구나.

오, 착한 내 아들아.

끓어오르는 네 광기를 좀 진정시키려무나.

어디를 그리 보고 있는 게냐.

햄릿 저분, 저분을 보십시오. 저 창백한 얼굴!

저 가슴에 엉킨 원통한 사연을 들으면 돌덩이라

도 울 것입니다.

절 그렇게 보지 마십시오.

아버님의 애처로운 표정은 저의 철석같은 결심

을 둔하게 만듭니다.

피 대신 눈물을 흘린다든지요.

왕비 그 말을 누굴 보고 하는 것이냐?

햄릿 저기 아무것도 안 보이십니까?

왕비 전혀, 아무것도.

햄릿 아무것도 들리지 않으시고요?

왕비 우리 둘의 말소리 외에는.

햄릿 아니, 저길 봐요. 바로 지금 스르륵 빠져나가
시는데!

아버님이 살아 계실 때와 꼭 같은 차림으로!

자, 보세요! 바로 지금 문간을 넘어가고 계시잖
아요!

유령 퇴장.

왕비 그건 네 머릿속이 만들어낸 환상이다.

있지도 않은 것을 있는 듯이 만들어내는 것이
광증의 증상이지.

햄릿 광증이라고요?

제 맥박은 어머니만큼 건강하게 뛰고 있어요.

제가 한 말은 광증 때문이 아닙니다. 시험해보
세요.

제가 말한 것을 되풀이해보죠. 미쳤다면

엉뚱한 소리를 할 겁니다. 어머니.

제발 자기 양심에다 기만적인 약을 바르지 마세요.

195

나는 잘못이 없고 제가 미친 소리를 한다고요.

그건 곪은 곳을 겉만 치료해

썩은 고름이 보이지 않게 전신에 퍼지는 것과

같아요.

하늘에 고백하세요.

지난 일을 참회하고 앞으로 다가올 일을 삼가세요.

잡초에 거름을 퍼부어서 더욱 무성하게 만들지

마세요.

요즘처럼 타락한 세상에선

미덕이 악덕에게 용서를 비는 것도 모자라

잘해줘도 좋다는 허락을 구해야 할 판이죠.

왕비 오, 햄릿. 네가 내 심장을 두 쪽으로 쪼개놓

는구나.

햄릿 그럼 나쁜 쪽을 버리시고,

남은 반쪽으로 순결하게 사십시오. 안녕히 주무

세요.

그러나 숙부의 침대에 들어가진 마세요.

정조가 없거든, 있는 척이라도 해주세요.

습관이란 괴물은 악습에 무감각하게도 하지만
천사 같은 면이 있어,
선행을 자주 하면 새로 맞춘 옷이 그러하듯
차츰 몸에 배기 마련이죠.
오늘밤을 삼가시면 내일은 한결 참기 쉽고,
그다음은 더욱 쉬워지는 법이니
이렇게 습관으로 천성을 바꿀 수도,
악마를 누르고 기적처럼 몰아낼 수도 있기 때문
이죠.
자, 안녕히 주무세요. 신의 축복을 받길 원하시면
저도 기도하겠습니다. 이 양반의 죽음은 안됐지만
그것도 하늘의 뜻이겠죠. 하늘은 이것으로 저를
벌하시고
제 손을 빌려 이 늙은이를 처벌하신 겁니다.
시신은 제가 처리하고 그에 대한 책임은 모두
제가 지겠습니다.
그럼 다시, 안녕히 주무세요.
제가 이리 가혹하게 군 것은 충정 때문입니다.

이건 불행의 시작이고 더 끔찍한 일이 남아 있
습니다.

어머니, 한 말씀만 더 드리지요.

왕비 내가 어떻게 해야겠느냐?

햄릿 이것만큼은, 부디 하지 마세요.

그 비곗덩이 왕이 이끌거든 잠자리로 가

능글맞게 뺨을 꼬집고 "귀여운 내 생쥐"라 부르고

역겨운 키스를 하거나, 그 저주받은 손가락으로

당신의 목을 애무해준 대가로

이 일을 다 폭로하시는 거요.

제가 진짜로 미친 게 아니라 미친 척만 하고 있
다고.

그자에게 알리는 게 차라리 나을지 모르죠.

어찌 아름답고 정숙하고 지혜로운 왕비께서

이런 중대사를 그 두꺼비, 박쥐, 수고양이 같은

놈한테 감추시겠소.

아니죠, 분별이고 나발이고.

저 유명한 원숭이처럼 지붕에서 새장을 열어

새들을 날려 버리고 저도 한번 날겠다고
새장에 들어가 뛰어내리다가 목이 부러지는 꼴
이 되겠죠.

왕비   염려 마라, 얘야. 숨을 쉬어야 말이 나오고
숨을 쉬는 것이 살아 있는 것이라면,
난 더 이상 산목숨이 아니니 네 말을 누설할 리
없다.

햄릿   전 영국으로 가야 할 겁니다. 그건 아시지요?

왕비   그래, 내 깜박 잊었구나. 그렇게 결정되었다
더구나.

햄릿   이미 왕의 친서도 준비되었고,
제겐 독사나 다름없는 두 동창이 어명을 받았
지요.
제 앞길을 쓸어 함정으로 몰아넣겠다는 수작인데
어디 한번 해보라죠. 제 손으로 묻은 폭탄에 걸려
나가떨어지는 것도 재미있는 구경일 테니까요.
이쪽에선 놈들이 파고든 구멍보다 한 자 더 깊
이 파

놈들을 저 달나라까지 날려보낼 겁니다.
두 간계가 정면으로 충돌하면 멋질 겁니다.
이 영감 때문에 바쁘게 되었군요.
시신은 옆방으로 옮기지요.
어머니, 안녕히 주무세요. 정말 이 영감이
이토록 조용하고 은밀하고 엄숙하게 보이다니.
생전에는 멍청한 수다꾼이었지.
자, 영감, 같이 일을 끝내 주셔야겠어.
안녕히 주무세요, 어머니.

햄릿, 폴로니어스의 시체를 끌고 퇴장. 왕비
는 혼자 남는다.

제4막

이 힘을 겨룰 때처럼

걷잡을 수 없었어요.

햄릿이 휘장 뒤에서 뭔가 움직이는 소리를 듣자

칼을 꺼내 "쥐새끼다, 쥐새끼!"라고 소리 지르며

숨어 있던 영감을 찔러 죽였어요.

왕 그럴 수가! 내가 그 자리에 있었다면 같은 변

을 당했을 거요.

더 이상 내버려두면 모두가 위험해.

당신도 나도 모두가 말이요.

아, 이 끔찍한 일을 어떻게 해명한담.

모든 책임은 과인에게 돌아올 것이오.

진작 알아차려 이 실성한 젊은이를 묶어두고

나다니지 못하게 했어야 했는데.

그 애에 대한 지나친 사랑으로 적절한 조치를

취하지 못했으니.

몹쓸 병에 걸린 환자가 그렇듯이 사실을 감추기

만 하다가

생명을 잃어버린 꼴이야.

그는 어디에 있소?

왕비 제 손으로 죽인 시신을 끌고 나갔는데
실성한 와중에도 보잘것없는 광맥 속의 한 줄기
황금처럼
순진한 마음을 보여 자기가 저지른 짓에 눈물을
흘리더군요.

왕 아, 거트루드, 갑시다!
해 뜨기 무섭게 그 애를 배에 태워 떠나보내겠소.
이 불상사는 국왕의 권위와 수단을 동원해
적당히 처리할 수밖에 없어.
여보게, 길든스턴!

(로젠크란츠와 길든스턴 등장.)

두 사람은 몇 사람을 더 불러 도움을 청하라.
햄릿이 광기에 휘말려 폴로니어스를 죽여
왕비의 방에서 시신을 끌고 나갔다네.
왕자를 찾아보게. 부드러운 말로 타일러
시신을 성당에 안치하도록 하게. 서두르게.

(로젠크란츠와 길든스턴 퇴장.)

205

자, 거트루드, 이제 현명한 신하들을 불러
앞으로 취할 조치와 이 불상사에 대해 알려야겠소.
비방이 일더라도 세상 반대쪽으로 향하게 해야
겠소.
포탄이 정통으로 표적을 맞히듯 쑥덕임이 독화
살처럼
과녁을 향해 날아가겠지만
내 이름을 피해 허공을 날다 떨어질 것이오. 자,
갑시다.
마음이 뒤숭숭하고 불안하오.

두 사람 퇴장.

제2장 궁정 안

햄릿 등장.

햄릿 무사히 처리했군.

밖에서 부른다.

햄릿 가만, 저 소리는? 누가 나를 부르는가?
  아, 저기 오는군.

로젠크란츠와 길든스턴 등장.

로젠크란츠　왕자님, 시신은 어떻게 하셨어요?

햄릿　흙에 섞였지. 서로 친척 간이니.

로젠크란츠　어디 있는지 말씀해주시지요. 성당에
안치해야 합니다.

햄릿　믿지를 말게.

로젠크란츠　무엇을요?

햄릿　내가 내 생각을 버리고 자네의 말을 따를 것
이란 생각을 말이네.

그뿐인가, 스펀지 같은 자들의 물음에 국왕의
아들이 어떻게 답하겠는가?

로젠크란츠　제가 스펀지라는 말씀이십니까, 왕자님?

햄릿　물론이네, 왕의 총애, 보상, 권력을 빨아들이
는 스펀지 말일세.

그렇지만 이런 신하들이야말로 왕에겐 가장 요
긴한 존재이지.

원숭이가 사과를 먹는 격이랄까?

왕은 그런 자들을 입속 한구석에 넣었다가 나중
에는

삼켜버리거든.

왕이 자네가 주워 모은 것을 써야 할 땐 쭉 짜기
만 하면 되지.

그럼 이 스펀지는 이전처럼 메말라버리는 거야.

로젠크란츠 무슨 말씀인지 모르겠습니다.

햄릿 반가운 일이군.

험담도 어리석은 귀에는 들리지 않는 법이니.

로젠크란츠 왕자님, 시신이 어디 있는지 말씀해주
시고,

저희와 함께 왕께 가시지요.

햄릿 몸은 왕과 있으나 왕은 몸과 함께 있지 않네,

왕이란 것은.

길든스턴 것이라뇨, 왕자님?

햄릿 아무것도 아니네. 왕에게 안내하게.

여우야, 꼭꼭 숨어라. 찾으러 간다.

모두 퇴장.

제3장 궁정 안

왕과 신하들 함께 등장.

왕 왕자를 찾아 시신이 어디 있는지 알아보도록
사람을 보냈소.

그를 이대로 두었다가는 얼마나 위험해지겠소?

그렇다고 해서 엄한 법으로 다스릴 수도 없는
일이고,

왕자는 어리석은 군중의 사랑을 받고 있소.

군중이란 판단력이 아니라 눈에 보이는 대로 움
직이는 존재.

그러니 왕자에 가해지는 형벌만이 문제가 되고

지은 죄는 놓치게 될 거요.

만사를 원만하게 처리하기 위해서는

그를 급히 해외로 보내되,

심사숙고 후 결정한 결과인 듯 보이게 해야 하오.

난치병은 무모한 치료법을 사용해서 고치든지,

아니면 포기하는 수밖에 없소.

(로젠크란츠, 길든스턴 외 일행 등장.)

그래, 어떻게 됐나?

로젠크란츠 시신을 어디에 감추셨는지 말씀을 안

하십니다.

왕 왕자는 어디에 있는가?

로젠크란츠 밖에 계십니다.

분부를 내리실 때까지 감시병을 붙여 두었습니다.

왕 불러들여라.

로젠크란츠 여보게, 왕자님을 모시고 오게.

햄릿과 감시병들 등장.

왕 자, 햄릿, 폴로니어스는 어디 있느냐?

햄릿 식사 중입니다.

왕 식사? 어디서?

햄릿 먹고 있는 게 아니라 먹히고 있는 중이지요.
구더기 같은 정치가 무리가 모임을 열고
폴로니어스를 파먹고 있습니다.
구더기는 먹는 일에 관한 한 왕이죠.
인간은 살찌기 위해 다른 동물을 살찌우지만
결국 구더기를 위해 우리가 살찌는 격이죠.
살찐 왕이나 메마른 거지나 맛은 다를지 몰라도
같은 식탁에 오른 두 가지 요리일 뿐이죠. 그게
끝입니다.

왕 허, 이럴 수가!

햄릿 왕을 먹은 구더기로 물고기를 낚고,
그 구더기를 먹은 물고기를 먹기도 하지요.

왕 그게 무슨 뜻이냐?

햄릿 아무것도 아닙니다.
다만 왕이 어떻게 거지의 배 속으로 행차하실 수

있는지

말씀드렸을 뿐입니다.

왕 폴로니어스는 어디 있느냐?

햄릿 천국에요. 그리 사람을 보내보시지요.

거기 없으면 친히 다른 장소를 찾아보시든지요.

그래도 이번 달 내에 찾지 못하시면,

복도로 나가는 계단을 오르다가 냄새를 맡게 되

실 겁니다.

왕 (시종들에게) 그곳을 찾아보아라.

햄릿 그대들이 갈 때까지 기다리고 있겠네.

시종들 퇴장.

왕 햄릿, 네가 저지른 일이 심히 유감스럽지만,

과인은 너의 안전을 무엇보다도 염려하고 있으니

네가 급히 여길 떠나는 것으로 조치하겠다.

떠날 채비를 해라.

배는 마련되어 있고 바람도 잔잔하며 수행원들

도 대기 중이니

곧바로 영국으로 떠나거라.

햄릿 영국이요?

왕 그렇다, 햄릿.

햄릿 좋습니다.

왕 나의 본의를 알아주니 고마운 일이다.

햄릿 그 본의를 알아차리는 천사가 눈에 보이는

것 같군.

자, 가봅시다. 영국으로! 안녕히 계세요, 어머니.

왕 아버지다. 아버지라고 해야지, 햄릿.

햄릿 어머니죠. 아버지와 어머니는 남편과 아내이고,

남편과 아내는 일심동체이니 어머니라고 할밖에.

자, 가자. 영국으로.

퇴장.

왕 그의 뒤를 밟게. 재빨리 배에 타도록 유인해.

지체해서는 안 되네. 오늘 밤 안에 출발하도록

하게. 어서!

모든 절차는 다 완료되었으니, 어서 서둘러주게.

(로젠크란츠와 길든스턴 퇴장.)

영국의 왕이여, 그대가 나의 호의를 조금이라도

감사히 여긴다면…….

우리 덴마크 검이 준 상처는 아직도 생생해, 우

리의 힘을 잘 알고

자진해서 충성할 것이니. 나의 명령을 거절하지

는 않을 것이야.

친서에 적힌 대로 즉시 햄릿을 죽이라는 명령

말이야.

영국의 왕이여, 그 명령을 꼭 실행하라.

햄릿이 열병처럼 내 핏속에서 날뛰고 있으니

이것을 치료하는 것이 영국 왕 그대의 임무요.

이 일이 끝날 때까지는 어떤 행복이 와도

내 마음이 결코 즐겁지 않을 것이야.

퇴장.

제4장 성에 가까운 덴마크 해안

포틴브라스가 그의 군대를 이끌고 등장.

포틴브라스   부대장, 가서 덴마크 왕에게 안부를
전하게.
왕께서 허가하고 약조해준 대로 포틴브라스가
군대를 이끌고
영토를 통과하고자 한다고 전해라.
다시 만날 장소는 알고 있을 테지.
만약 왕께서 나를 보시고자 하시면
내가 직접 찾아뵙고 경의를 표하겠다고 하시오.

부대장 분부대로 하겠습니다.

포틴브라스 조용히 진군해라.

부대장을 제외한 전원 퇴장.

햄릿과 로젠크란츠, 길든스턴, 시종들 등장.

햄릿 여보시오, 저건 누구의 군대요?

부대장 노르웨이 군대입니다.

햄릿 출정의 목적이 무엇이요?

부대장 폴란드의 한 지역을 공격할 겁니다.

햄릿 지휘관은 누구요?

부대장 노르웨이 선왕의 조카이신 포틴브라스입
니다.

햄릿 진군해가는 곳이 폴란드의 본토요, 아니면 변
방이오?

부대장 사실을 말씀드리자면 우리는 아무 실익도
없는 이름뿐인
한 떼기 땅을 얻으러 가고 있습니다. 저라면 오

217

두카트,

단돈 오 두카트만 내라고 해도 소작하지 않을

그런 땅입니다.

노르웨이 왕이나 폴란드 왕이라도

그 이상의 값은 받지 못할 겁니다.

햄릿 그렇다면 폴란드 왕도 애써 그 땅을 방어할

생각이 없겠군요.

부대장 아닙니다. 이미 수비대가 배치되어 있습니다.

햄릿 2,000명의 생명과 이만 두카트를 써도

이 하찮은 문제를 해결할 수는 없을 거야.

이거야말로 태평성대의 종기로,

내부는 곪아터져도 밖에서 보기엔 멀쩡해서

왜 사람이 죽는지도 알 수 없는 거지. 그럼, 고

맙소.

부대장 안녕히 가십시오.

퇴장.

로젠크란츠 그만 가시지요, 왕자님.

햄릿 곧 따라갈 테니 먼저 가보게.

(햄릿을 제외하고 모두 퇴장.)

모든 것이 나를 힐책하고 내 무딘 복수심에 박
차를 가하는구나.

인간이 일생 동안 먹고 자기만 한다면 인간은
뭐란 말인가?

짐승과 다를 바 없지.

신은 우리에게 앞뒤를 살필 수 있는 분별력을 주
었지만

그 능력, 신성한 이성을 쓰지 않고 녹슬게 하라
고 준 것이 아니야.

그런데 나는 짐승처럼 망각에 빠졌는지,

비겁하게 망설이며 사태를 지나치게 세밀히 생
각하는지.

생각을 네 조각내면 지혜란 한 조각일 뿐

나머지 세 조각은 비겁함이니.

나는 왜 이 일은 해야 한다고 말하면서도 아무

일도 못하고 있는 거지?

해야 할 일에 대한 명분도, 의지도, 힘도, 수단도

있으면서 말이야.

이 큰 사례가 내게 훈계하는구나. 저처럼 막대한

인원의 군대가

저 가냘픈 젊은 왕자에 의해 통솔되고 있으니.

저 왕자는 신성한 야심에 부풀어

예측할 수 없는 미래를 겁내는 일 없이

자신의 생명을 운명과 죽음, 위험 속에 내던지

고 있지 않는가.

그것도 고작 달걀 껍데기만 한 땅덩어리 때문에.

진실로 위대한 것은 대의명분이 없으면 미동도

하지 않는 게 아니라

명예가 걸렸을 때 지푸라기 하나를 위해서도

일어나 싸우는 일이야.

그런데 나는 뭔가? 아버지는 시해되고 어머니

는 더럽혀졌으니

이성과 피가 들끓어야 할 텐데 그저 잠자코 있

으니.

부끄럽게도 2만의 병사들이 신기루 같은 명예를 위해

흡사 잠자리로 달려가듯 죽음의 길로 달려가고 있지 않는가?

그것도 양 군대가 마음놓고 싸울 수도 없으며

쓰러진 자들을 묻을 묘지로도 부족한 조그만 땅덩어리를 위해서.

아, 이 순간부터 나의 생각은 피비린내가 나야 한다.

그렇지 않으면 가치가 없어.

퇴장.

제5장 궁정 안

왕비, 호레이쇼, 신하 한 명 등장.

왕비 그 애와 만나고 싶지 않네.

신하 간청을 하고 있습니다. 아주 실성을 했는지
가련합니다.

왕비 그 애가 무엇을 원하오?

신하 줄곧 아버지 이야기를 하고 있사온데,
이 세상에 음모가 있다는 말을 들었다느니, 헛
기침에,
자기 가슴을 치고,

사소한 일에 화를 내며, 알 듯 말 듯한 말을 합니다.

아가씨의 말은 아무 의미도 없지만 종잡을 수
없는 그 말이

듣는 사람을 동하게 해 멋대로 추측하게 하니

아가씨가 눈짓하고 끄덕이고 몸짓할 때마다

확실치는 않아도 불행한 사연을 짐작하게 합니다.

호레이쇼와 말씀을 나눠보시는 게 좋을 것 같습
니다.

좋지 않은 생각을 하는 무리들이

위험한 풍문을 뿌리고 다닐지도 모릅니다.

왕비 불러오도록 하시오.

(호레이쇼 퇴장.)

죄지은 인간이 그렇듯 병든 내 마음엔 하찮은 일
들마저

더 큰 재난을 예고하는 서곡처럼 느껴지는구나.

죄의식은 서투른 걱정에 가득 차서,

엎지를까 겁내다가 스스로 엎지른다.

호레이쇼, 오필리어와 재등장.

오필리어 덴마크의 아름다운 왕비님은 어디 계시
나요?

왕비 어찌 된 일이냐, 오필리어?

오필리어 (노래한다.) 그대가 진정 내 사랑하는 이
인 줄

내 어찌 알까요?

조가비 모자에 지팡이 짚고 샌들을 신은

순례자 차림의 내 사랑.

왕비 저런, 가엾게도, 그 노래는 무슨 뜻이냐?

오필리어 뭐냐고요? 잘 들어보세요. (노래한다.)

님은 죽어 떠나버렸네, 아가씨.

님은 죽어 떠나버렸네.

머리에는 푸른 잔디

발치에는 묘석이. (한숨 쉰다.)

왕비 아, 오필리어, 애야.

오필리어 좀 더 들어줘요. (노래한다.)

그분의 수의는

　　산에 쌓인 눈처럼 희고.

　　　　　　　　　왕 등장.

왕비 오! 폐하, 이것 좀 보세요.

오필리어 (노래한다.) 달콤한 꽃송이에 파묻혀

　　사랑의 눈물 소나기 되어

　　무덤으로 가시지 못했어요.

왕 잘 있었느냐, 오필리어?

오필리어 감사해요. 사람들 말이 올빼미는 빵장

　　수 딸이었대요.

　　지금은 알지만 내일은 어떻게 될지 모르지요.

　　신이 함께하시길!

왕 아버지 생각을 하는군.

오필리어 그 얘긴 하지 마세요.

　　그렇지만 누가 까닭을 묻거든 이렇게 말해주세

　　요. (노래한다.)

내일은 성 밸런타인데이.

이른 아침 일어나

나는 당신 창가에 선 처녀

나의 당신의 밸런타인.

님은 일어나 옷을 걸치고

방문을 열어주겠죠.

들어갈 적엔 처녀이나

나올 땐 처녀가 아니라네.

왕 가련한 오필리어.

오필리어 정말이지 여러 말 말고 끝을 맺어야겠어요.

(노래한다.) 아아, 이런 이제 어쩌나

부끄럽고 슬퍼.

젊은 사내는 하겠지, 기회만 있으면

그것을. 사내들은 나빠요.

그녀가 말하네,

'당신이 나를 쓰러뜨릴 때는

결혼한다 약속했죠.'

그가 대답하길,

'해를 두고 맹세하길, 그럴 작정이었다오.

그대가 나의 잠자리로 오지 않았다면.'

왕 언제부터 저애가 저렇게 되었소?

오필리어 만사 잘되길 빌어야지요. 우린 참아야

해요.

그렇지만 사람들이 그분을 차가운 땅속에 눕혔

다는 생각을 하니

울지 않을 수가 없어요. 오빠도 알게 될 거예요.

친절한 말씀 고마워요.

마차를 대령하세요. 안녕히 계세요. 숙녀 분들.

안녕. 숙녀 분들.

안녕, 안녕히 계세요. (퇴장)

왕 저 아이 뒤를 따라가 잘 감시해주게.

(호레이쇼 퇴장.)

아, 깊은 독소 같은 비탄이 저렇게 만들었군.

모두 부친의 죽음에서 연유된 일.

아, 거트루드, 거트루드,

227

슬픔이 엄습할 때는 하나씩 오는 것이 아니라
떼를 지어 몰려온다오.
그 애 아비가 살해당하고 당신 아들이 사라지고,
하기야 자초한 일이지마는.
국민들은 폴로니어스의 죽음에 관해 억측하고
뜬소문으로 수군대고 있소.
우리도 경솔하게 일을 처리했지.
쉬쉬하며 너무 서둘러 매장했으니까.
가련한 오필리어는 실성하여 분별력을 잃었구려.
그것이 없으면 허상인지 짐승인지 알 수 없지.
마지막으로, 이에 못지않게 중요한 일이
그 애의 오라비가 몰래 프랑스에서 돌아와
의구심에 싸여 모습을 보이지 않은 채 헛소문을
퍼뜨려
그의 귀에 독을 붓는 자들과 가까이 하고 있다는
것이오.
그래, 근거 없는 말로 이 사람 저 사람 귀에 대
고 나를 모략하겠지.

오, 거트루드, 모략이 엽총처럼 내 온몸 곳곳에
치명상을 입힐 듯싶소.

　　　　밖에서 소란한 소리가 들린다.

왕비　아니, 게 무슨 소란이냐?

왕　근위병은 어디 있는가? 문을 단단히 지키라고
해라.

　　　　　　　　(사자 한 사람 등장.)

무슨 일이냐?

신하　폐하, 어서 자릴 피하십시오.
바닷물이 둑을 넘어 순식간에 해안을 집어삼키듯
젊은 레어티즈가 폭도들을 이끌고 근위병들을
밀어내고
이리로 오고 있습니다.
폭도들은 그를 국왕이라고 부르며 이제 개벽이
라는 듯
모든 질서의 기준이 되는 전통도 잊고 관습도 무

시한 채

"우리는 레어티즈를 국왕으로 선출한다."라고 외
칩니다.

모자를 던지고 박수를 치며 목청껏

"레어티즈를 국왕으로! 레어티즈 왕!"이라고

부르짖고 있습니다.

왕비 냄새도 잘못 맡은 채 기세 좋게 짖는 꼴이란!

반대 방향이란다, 이 어리석은 덴마크의 개들아.

왕 문이 부서졌구나.

　　　무장한 레어티즈가 추종자들과 등장.

레어티즈 국왕은 어디 있나? 여러분, 밖에서 기다
리게.

추종자들 아니요. 우리도 들어갑시다.

레어티즈 부탁이오. 자리를 비켜주시오.

추종자들 알겠소, 그렇다면.

레어티즈 고맙소. 문을 지켜주시오.

(추종자들 퇴장.)

이 더러운 왕. 아버지를 내놔라.

왕비 진정해라, 레어티즈.

레어티즈 진정할 수 있는 피가 한 방울이라도 남아
있다면
나는 아버지 자식이 아니오. 그러면 내 아버지
는 바람난 아내의 남편이 되고,
진실하신 내 어머니의 순결한 이마에
창녀의 낙인을 찍는 꼴이 될 테니 말이오.

왕 레어티즈, 무엇 때문에 이처럼 소란을 피우느냐.
거트루드, 그냥 둬요. 이 몸을 근심할 필요는 없어.
국왕은 신성한 울타리에 싸여 있는 존재.
반역자는 아무리 역모를 꾀해도 울타리 사이만
기웃거릴 뿐
손을 대지 못하는 법이오.
말해봐라, 레어티즈.
무엇 때문에 격분했는지. 거트루드, 그를 놓아
주오.

자, 어서 말해보거라.

레어티즈 내 아버지는 어디에 있소?

왕 죽었네.

왕비 허나 왕 탓은 아니다.

왕 마음껏 물어보게 놔두시오.

레어티즈 어떻게 돌아가셨소? 속일 생각은 마시오.

충성 따윈 지옥으로 떨어지라지.

군신 간의 맹세는 끔찍한 악마에게나 주라지.

양심이고 신앙이고 지옥 끝으로 곤두박질치라지.

난 천벌도 두렵지 않다. 이승이고 저승이고 무

슨 소용이야.

무슨 일이 닥쳐와도 내 반드시 아버지의 원수를

갚을 것이오.

왕 누가 막는다고 하더냐?

레어티즈 이 세상에서 나의 결심을 막을 수 있는

건 없소.

미력하나마 내 힘을 적절히 사용해 반드시 해내

고야 말 것이오.

왕 레어티즈, 네 아비 죽음의 진상을 알고 싶은
심정은 알겠다만
친구도 적도 승자도 패자도 모두 닥치는 대로
해치우겠다는 게
너의 복수란 말이냐?

레어티즈 목표는 아버지의 원수뿐이다.

왕 그럼, 그게 누군지 알고 싶은가?

레어티즈 아버지의 친구에 대해선 이렇게 양팔을
벌려 맞이하겠소.
제 피를 뽑아 새끼를 기른다는 펠리컨처럼
나도 내 피를 짜내어주며 보답하겠소.

왕 이제야 진정한 효자답고 귀족다운 말을 하는
구나.
나는 네 부친의 죽음과는 무관할 뿐 아니라
그의 죽음을 가장 뼈아프게 여기는 사람이다.
이는 네 눈에 비친 대낮처럼 분명하게 보일 것
이다.

(밖에서 들리는 목소리.)

그녀를 들여보내라.

레어티즈 무슨 일이냐, 무슨 소리야?

(오필리어 재등장.)

오, 격분이여. 내 뇌를 바싹 태워라.

눈물이여. 일곱 배로 짜게 변해 이 눈을 태워다오.

하늘에 맹세코 너의 실성에 대한 복수를 몇 배

로 갚아주겠다.

오, 오월의 장미, 내 소중하고 귀여운 동생. 어여

쁜 오필리어!

하늘이시여, 젊은 처녀의 영혼이 늙은이의 목숨

처럼

이리 시들어버리는 것이 가능하단 말입니까?

인간의 사랑은 미묘한지라 세상을 떠난 자를 그

리는 나머지

자신의 가장 귀중한 것을 바치고 그분을 좇는구나.

오필리어 (노래한다.) 맨 얼굴로 관 위에 얹고 갔지,

무덤 속에 눈물이 빗발쳤고.

내 사랑 그대여 안녕.

레어티즈　네가 멀쩡한 정신으로 복수를 부탁한다

　　한들

　　이처럼 나의 마음을 움직이지는 못했을 거다.

오필리어　노래를 불러요. 처연하고 애달프다 하고,

　　또 당신은 그이가

　　애달프다 하고 노래해야 해요.

　　후렴이 잘 들어맞는 노래야.

　　주인집 딸을 훔친 건 나쁜 청지기예요.

레어티즈　이 공허한 말이 더욱 뼈아프게 느껴지니.

오필리어　만수향 여기 있어요. 그건 기억하란 말

　　이지요.

　　님이여, 제발 나를 잊지 말아요. 그리고 상사꽃

　　여기 있어요.

　　그건 생각해달란 말이에요.

레어티즈　실성한 말에도 교훈이 있어. 기억과 생

　　각은 꼭 맞는 말이야.

오필리어　이 회향초와 매발톱꽃은 당신에게 드릴

　　게요.

운향꽃은 당신 것, 이건 내 것.

이 꽃은 안식일의 은혜초라고 해요.

오, 당신이 건 운향꽃은 다른 뜻이 있지요

들국화도 있어요. 오랑캐꽃도 드릴게요.

그렇지만 아버지가 돌아가시자 다 시들어버렸어.

아버지는 훌륭히 돌아가셨대요.

(노래한다.) 사랑스럽고 예쁜 새 로빈은 나의 기쁨.

레어티즈 슬픔과 번민, 지옥 같은 고통마저 동생은 기쁘고 아름다운 것으로 만들어내는구나.

오필리어 (노래한다.)

님은 다시 안 오실까?

이젠 다시 안 오실까?

아냐, 아냐, 님은 가셨네.

너도 죽을 자리로 가거라.

그분은 영영 안 오시니.

님의 수염은 눈처럼 희고

머리는 모시처럼 희네.

님은 갔네, 님은 갔어.

한탄을 해도 소용이 없지.

신이여, 그분에게 자비를.

그리고 모든 기독교인 여러분의 영혼에도. 안

녕히 계세요.

퇴장.

레어티즈 저 모습을 다 보셨죠?

왕 레어티즈, 너의 슬픔을 같이 나누어 갖겠다.

거부하지 말거라. 물러나서 네가 옳다고 생각하

는 사람들을 청해

네 말과 나의 말을 듣게 하자.

직접이건 간접이건 이번 일에 내가 관여한 사실

이 드러나면

이 왕국과 왕관, 나의 생명, 내 모든 것을 아낌

없이

네게 주마.

그러나 그렇지 않으면 진정하고 내 말을 들어다오.

237

나도 네 복수를 돕기 위해 힘을 모아주겠다.

레어티즈 그렇게 하겠습니다.

아버님이 어떻게 돌아가셨는지,

어째서 은밀하게 장례를 치렀는지

비석도, 검도, 문장도 없이 장엄한 의식도,

격식에 맞는 예식도 없었다 하니

망자가 땅에 대고 절규하는 소리가 생생합니다.

이 진상은 꼭 밝히고 말겠습니다.

왕 그렇게 해야지. 죄가 있는 곳에 단죄의 도끼를

내리치도록 하라.

자, 함께 가자.

퇴장.

제6장 궁정 안

호레이쇼와 하인 등장.

호레이쇼 나에게 얘기하고 싶다는 자가 누구냐?

하인 선원들입니다. 나리께 편지를 가져왔답니다.

호레이쇼 들어오라고 해라.

(하인 퇴장.)

햄릿 왕자님이 아니라면,

이 세상 어디에서 내게 편지가 오겠는가?

선원들 등장.

선원1 안녕하십니까?

호레이쇼 잘들 왔네.

선원1 고맙습니다, 나리. 여기 편지를 가져왔습니다.
호레이쇼 님이 맞으시지요? 영국에 가시던 사
절께서 보낸 겁니다.

호레이쇼 (편지를 읽는다.) 호레이쇼, 이 편지를
읽고 난 다음 이 친구들을 왕 앞에 안내해주게,
이 친구들은 왕에게 보내는 편지를 가지고 있으니.
출항해서 이틀도 채 되기 전에 무장한 해적선이
추격해 왔다네.
우리 배가 느려 어쩔 수 없이 용기를 내 그들과
싸웠네.
그러던 중 나는 해적선에 옮겨 탔는데, 그때 우
리의 배가 멀어져
나 홀로 포로가 됐다네.
해적들은 의협심을 발휘해 나를 예우해주었는데
나를 이용해 덕을 보려는 요량이겠지.
내가 보낸 편지를 국왕에게 전해주게.

그리고 자네는 날아오듯 곧 나한테 와 주게.

은밀히 할 얘기가 있는데 들어보면 기가 막힐
거야.

말로는 할 수 없는 중대사네.

이 친구들이 내가 있는 곳으로 자네를 안내할
걸세.

로젠크란츠와 길든스턴은 영국을 향해 항해 중
이지만

그 친구들에 대해서도 할 말이 많네.

잘 있게. 자네의 친구. 햄릿으로부터.

자, 자네들이 가져온 편지의 임자를 찾도록 해
주겠네.

(선원들에게) 될 수 있는 대로 빨리 폐하고

이 편지를 보낸 분께로 나를 안내하게.

퇴장

제7장 궁정 안

왕과 레어티즈 등장.

왕 이제는 자네도 진심으로 결백함을 확인했으니
나를 마음의 친구로 대해주게.
자네는 총명하니 잘 알겠지만, 자네 부친을 살
해한 자가
내 목숨도 노리고 있다는 걸 알았을 게야.

레어티즈 분명히 알겠습니다. 그러나 제가 알고 싶
은 것은
어째서 그처럼 흉악하고 극형에 처해야 마땅할

행위에 대해

어떤 조치도 취하지 않으셨는가 하는 겁니다.

폐하의 안전, 권위, 식견 그 모든 것으로 보아

강력하게 대처하셨어야 했을 텐데요.

왕　아, 두 가지의 특별한 이유 때문이네.

자네에게는 아닐지 모르겠지만 나로서는 중대한

일이야.

그 애의 어머니인 왕비는 자식의 얼굴을 보는

낙으로 산다네.

내게는 이것이 미덕인지 화근인지는 몰라도

왕비는 나의 생명과 영혼과 일체가 되었으니,

별이 그 궤도에서 벗어날 수 없듯 나도 왕비가

없이는 살지 못하네.

또 한 가지 이유는, 어째서인지 그놈은 백성들

로부터 굉장한 사랑을

받고 있단 말이야.

그놈의 어떤 결점도 대중의 애정 속에서

흡사 나무토막을 돌로 바꿔놓는 샘물처럼

그의 발에 족쇄를 채우면 오히려 영예의 상징인
양 떠들어댈 게야.

이 판국에 가벼운 화살을 쏘아봐야 그 거친 바
람에 휘몰려

오히려 내 쪽을 향해 되돌아 날아올 것이 분명
하네.

레어티즈　그래서 저는 아버지를 잃었고 누이동생
은 실성해버렸습니다.

이제 칭찬해봐야 소용이 없지만 누이동생은

시대를 막론하고 나무랄 데 없는 완벽한 여성이
었지요.

내 꼭 이 복수를 하고야 말겁니다.

왕　그 때문에 잠을 설치지는 말게.

나도 위험이 다가와 내 수염을 쥐어뜯는데도 그
것을

장난으로 받을 정도로 유야무야하는 성격은 아
니야.

차차 자세한 얘기를 해주지.

244

나는 네 부친을 총애했고 내 자신도 아끼는 바
이니

이만하면 너도 상상이 가겠지만.

　　　　　(편지를 가진 사자 등장.)

무엇이냐? 무슨 소식이야?

사자　햄릿 왕자님의 편지입니다. 이것은 폐하 앞
으로 온 것이고

이것은 왕비님 앞으로 온 것입니다.

왕　햄릿으로부터라니? 누가 가져왔느냐?

사자　폐하, 듣자니 선원들이라는데 소신은 아직
만나지 못했습니다.

클라우디오로부터 편지를 받았는데 그가 이 편
지를

가져온 자로부터 받았다 합니다.

왕　레어티즈, 읽을 테니 들어보게. 물러가라.

　　　　　(전령 퇴장.)

폐하, 소신 맨몸으로 왕국에 상륙했습니다.
내일 폐하를 직접 알현하고자 합니다.

허락해주신다면 급작스럽고 이상한 저의 귀국

에 대해

말씀 올리겠습니다. 햄릿.

이게 무슨 일인가?

나머지 일행들도 다 돌아왔는가?

그렇지 않으면 무슨 속임수인가?

레어티즈 필적을 알아보시겠습니까?

왕 그의 글씨네.

맨몸으로…… 추신에는 '홀로'라고 적혀 있네.

설명할 수 있겠나?

레어티즈 저도 뭐가 뭔지 모르겠습니다. 그렇지

만 올 테면 오라죠.

그놈의 얼굴에 "네놈을 죽여버릴 테다."라고

소리 지를 생각을 하니

이 마음속 원한이 다 누그러지는 듯합니다.

왕 돌아온다면 말이야, 레어티즈—어떻게 돌아올

수 있지

그럴 리가 없는데—내가 하라는 대로 하겠는가?

레어티즈 네, 폐하. 적과의 평화를 명령하지 않으
시면.

왕 자네 마음의 평화지.

만일 그놈이 항해를 중단하고 돌아와, 다시 떠
나길 거부한다면

내게도 방법이 있다. 이건 아주 빈틈없는 계략
이니

그놈은 꼼짝없이 걸려들 테고 쓰러질 수밖에 없
을 게야.

그놈의 죽음에 대해선 비난의 소리가 추호도 없
을 것이며,

심지어는 그놈의 어미도 의심치 않고 사고라고
생각할 거다.

레어티즈 폐하, 분부대로 하겠습니다.

계략을 세우시면 제가 그 도구가 되겠습니다.

왕 좋다. 자네가 외지에 있는 동안

자네의 그 특출한 재주에 대한 평판은 대단했다네.

햄릿도 자네에 대한 말을 들었겠지.

네 다른 재주를 다 합친 것보다도 특히 한 가지
재주에

햄릿은 시기하고 있다네. 그 재주가 너에겐 별
것이 아니겠지만.

레어티즈 무슨 재주 말씀입니까, 폐하?

왕 젊은이의 모자를 장식하는 리본 정도지이만
필요한 재주이기는 하지.

젊은이에게 가볍고 아무렇게나 걸치는 옷이 어
울리듯이

늙은이에게는 검은 수달피 코트가

그의 번영과 품위에도 알맞은 법.

두 달 전에 노르망디 출신의 신사가 한 분 왔다네.

나 또한 많은 프랑스인을 만났고 전투도 해봤는데,

그들은 승마에 능하지.

그렇지만 이 신사는 승마에 있어서는 마술 같은
솜씨를 지녔더군.

말안장에 뿌리박듯 앉아 말을 모는데

흡사 사람과 짐승이 한 몸이 되어,

그의 몸 절반이 말로 변한 듯이 보였다네.

그의 연기는 내 상상을 넘어서서 나도 눈으로 보지

않았다면 믿을 수 없었을 정도였다네.

레어티즈 노르망디 사람이었습니까?

왕 그렇네.

레어티즈 분명 라모르일 겁니다.

왕 바로 그 친구야.

레어티즈 그를 잘 알고 있습니다. 그야말로 프랑
스의 보배입니다.

왕 그가 자넬 안다고 말하더군.

자네의 검술이 이론과 실제에 통달해

특히 세검을 쓰는 데는 명수라 너의 상대가 나타

난다면

그거야말로 구경거리가 될 거라 했네.

자기 나라의 검객들은 동작, 방어 자세, 안색 등
에 있어

자네와 대항할 만한 자가 없다는 거야.

이 얘기를 듣자 햄릿은 시기에 불타

네가 빨리 돌아와 한판 겨루기를 애타게 기다리
고 있었다네.

그러니 말이다.

레어티즈 예, 말씀하십시오, 폐하.

왕 레어티즈, 그대는 진정으로 부친을 사랑했는가?

그렇지 않으면 슬픔을 묘사한 그림처럼

겉치레로 슬픈 얼굴을 한 것인가?

레어티즈 왜 그런 말씀을 하십니까?

왕 그대가 부친을 사랑하지 않았다고는 생각지

않네.

그러나 사랑에도 때가 있어. 내 경험으로는

그 시간이라는 것이 사랑의 불꽃과 불길을 좌우

하네.

사랑의 불이 타는 중에도 심지 찌꺼기 같은 것이

불길을 약하게 하지.

그 어느 것도 좋은 상태로 지속될 수는 없는 법.

좋은 일도 지나치면 그 과도함 때문에 죽기 쉽

거든.

그러니 우리가 하고 싶은 일은 생각이 들 때 해치
워야 해.

세상에는 방해되는 일도, 손도, 사건도 많으니

해야겠다는 생각은 사그라지고 약해지고 지체

되어.

결국 이 해야 한다는 생각도 부질없는 탄식처럼

일시 위안은 되겠지만 몸을 상하게 한다네.

문제의 핵심을 말하자면, 햄릿이 돌아왔네.

자기 부친의 자식임을 말이 아니라 행동으로 나

타내기 위해 자네는 무슨 일을 하겠나?

레어티즈 놈의 목을 베겠습니다. 교회 안일지라도.

왕 어떤 장소도 그런 살인자를 보호할 수는 없을

거다.

복수에 무슨 장소의 제한이 있겠는가.

레어티즈, 복수를 하고 싶거든 집 안에 꼭 붙어

있거라.

햄릿이 돌아오면 자네가 귀국했음을 알려주마.

너의 재주를 칭찬하는 자들을 부채질하고

그 프랑스인이 칭한 네 명성에 더해 너를 빛나
게 해주겠다.
결국 너희 둘을 시합에 끌고 가 승부를 내게 하마.
햄릿은 조심성이 없고 관대해 술책이란 꿈도 꾸
지 못할 테니
시합용 칼을 점검하지도 않을 게다.
그러니 슬쩍 농간을 부려
날이 무디지 않은 칼을 잡아 시합 중에 일격을
가해
부친의 원수를 갚도록 해라.

레어티즈　그렇게 하겠습니다. 복수를 위해 칼끝
에 독약을 칠하겠습니다.
실은 돌팔이 의사한테 독약을 조금 샀는데
치명적인 맹독이라 칼로 스쳐 피 흘리게 하면
달밤에 채취한 약초의 기묘한 성분으로 만든 약
으로도
목숨을 구할 수 없다고 합니다. 이 독약을 칼끝
에 발라

그놈의 살갗을 살짝 스치기만 해도 죽어버리게
만들겠습니다.

왕 그 일에 대해서는 좀 더 생각해보세.

언제 그리고 어떤 방법을 써서 실행할지 심사숙
고해야겠어.

만에 하나라도 실패하거나 수가 서툴게 탄로 날
바에야

손을 대지 않는 편이 낫지. 또 이 계획이 실패할
경우에 대비해

다음 수단을 강구해야 한다. 잠깐, 어디 보자.

두 사람에게 공정하게 내기를 걸지.

그렇지, 시합하다 보면 몸이 달아오르고 목이
마를 것이니, 그게 좋겠군. 맹렬하게 놈을 다그
치게.

그럼 그놈이 물을 청할 테고 그때 내가 미리 준
비한 물 잔을 주겠다.

한 모금만 마시면 너의 독을 칠한 칼은 면할지
라도

우리 뜻대로 되는 거야. 그런데, 무슨 소란이지?

(왕비 등장.)

무슨 일이요?

왕비 재앙이 꼬리를 물고 다급하게 몰려드니, 레
어티즈.

너의 누이동생이 익사했다.

레어티즈 익사라니, 아, 어디서요?

왕비 개울가에 비스듬히 서서 서리처럼 흰 잎이
거울 같은 수면에 비치는 버드나무가 있는 곳에서.
오필리어는 미나리아재비, 쐐기풀, 들국화
그리고 자줏빛 난초로 엮어 만든
희한한 화환을 들고 거기에 나타났다는 거야.
버릇없는 목동들은 상스러운 이름으로 부르지만
정숙한 처녀들은 '죽은 사람의 손가락'이라고
부르는 꽃도 엮어 만들었단다.
그 화환을 늘어진 버들가지에 걸려고 나무에 올
라가던 중에
심술궂은 나뭇가지가 꺾여 화환과 함께 오필리

254

어는

흐느끼는 강물 속에 떨어졌다네. 옷자락은 수면

위에 활짝 퍼져

그 힘으로 잠시 인어처럼 떠 있었는데 그동안

그 애는

옛날 찬송가의 구절구절을 노래했다 하네.

마치 자기의 불행을 모르는 사람처럼.

또는 물에서 태어나 물에 익숙한 생물처럼.

그렇지만 그것도 오래가지 않고, 옷자락이 물을

머금어 무거워지자

가엾은 그 애의 노래는 물밑 진흙 속으로 빨려

들어갔단다.

레어티즈　가엾게도, 그래서 익사했어요?

왕비　익사라네, 익사했어.

레어티즈　불쌍한 오필리어.

이제 물은 충분할 테니 내 눈물은 흘리지 않겠다.

그러나 인간의 천성은 어찌할 수 없구나.

세상은 비웃을지 모르겠지만 울고 나면 여자 같

은 이 마음도 사라지겠지.

물러가겠습니다, 폐하.

불길처럼 마음속의 말을 쏟아놓고 싶지만

바보 같은 눈물이 삼켜버리는군요.

퇴장.

왕 뒤따라갑시다, 거트루드.

저 사람의 격분을 진정시키느라 얼마나 애를 썼

는데

이 일 때문에 다시 격분할까 두렵구려.

그러니 따라가봅시다.

퇴장.

제5막

제1장 묘지

두 명의 광대가 등장. 첫 번째 광대가 삽과
곡괭이를 들고 있다.

광대1 자기가 좋아서 세상을 하직한 여자를 기독
교 예식으로 매장을 해도 괜찮으냐 말이야.

광대2 그렇다는구먼. 그러니 무덤 구멍이나 파.
검시관이 조사하고 기독교식 장례를 한다 했으
니까.

광대1 어떻게 그럴 수 있어. 정당방위로 물에 빠
져 죽은 것도 아닌데 말이야.

광대2 그렇게 됐다니까 그래.

광대1 정당 공격일 거야, 틀림없어. 문제는 이런 거야.

내가 알고도 물에 빠졌다고 하자. 이건 하나의 행위야.

근데 이 행위라는 건 세 가지로 나눌 수 있다고.

한다, 행한다, 해치운다, 이거야.

고로 그 여자는 알면서도 빠져 죽었어.

광대2 아니, 그렇지만 이 묘지기야.

광대1 내 말 좀 들어보라고. 여기 물이 있다고 치자. 좋아,

여긴 사람이 서 있어. 좋아, 이 사람이 물속에 몸을 던지면

좋건 싫건 자기가 좋아서 한 짓이야. 그렇지?

그렇지만 이 물이 이 사람 쪽으로 다가와 빠지게 했다면,

이건 그 사람이 몸을 던진 게 아니야.

그럴 때만 그 사람은

260

자기 목숨을 끊은 데에 무죄라 할 수 있는 거야.

광대2 그게 법이야.

광대1 법이지. 검시관의 법이야.

광대2 내 사실을 말해줄까? 이 여자가 귀족 딸이
아니었으면
이런 기독교식 장례는 어림도 없어.

광대1 그것참 맞는 말이야. 그게 딱한 일인데
높으신 분들은 물에 빠져도 목을 매달아도 상놈
보다는
편리하단 말씀이야. 자, 내 삽이나 주라고.
유서 깊은 양반들도 따져보면 조상들은 정원사,
도랑파기, 무덤 파기라니까.
아담이 하던 일을 계속하는 거라고. (땅을 판다.)

광대2 그 아담도 귀족이야.

광대1 최초로 수족을 거느린 어른이지.

광대2 웬걸, 빈털터리였다던데.

광대1 뭐여, 너 이교도 아니냐? 성경도 제대로 못
읽었냐?

성경 말씀에 말이야. 아담은 땅을 팠다 이거여.

근데 연장도 없이 어떻게 팠겠나?

또 한 가지 물어보지. 대답을 못하겠으면 "나 무
식해요." 하고 자백하시고.

광대2   집어치워.

광대1   석공, 조선공, 목공보다 더 튼튼한 걸 만드
는 게 누구겠나?

광대2   교수대 만드는 사람이지. 왜냐하면 그놈의
틀은 수천 명이 지나가도 끄떡없으니까.

광대1   자네의 그 기지 마음에 드는데. 교수대는
좋은 대답이여.

왜냐, 나쁜 짓 하는 놈들에게 잘해주니까.

그런데 교수대가 교회보다 튼튼하다고 하는 건
나쁜 거여.

고로 자넨 교수형 감일지도 몰라. 자, 다시 대답해
보라고.

광대2   석공, 조선공, 목공보다

더 튼튼한 걸 만드는 게 누구냐고?

광대1 그래, 맞히고 쉬라고.

광대2 아, 알았다.

광대1 말해봐.

광대2 아이고, 모르겠는데.

　　　　핸릿과 호레이쇼 멀리서 등장.

광대1 더 이상 빈 머리 짜내지 말라고.

　　너 같이 느린 말을 때려봐야 빨리 뛰겠냐고.

　　누가 다시 묻거든 '매장꾼'이라고 해.

　　매장꾼이 만든 집은 최후의 심판 날까지 가니까
　　말이다.

　　자, 요한 네 집에 가서 술이나 한 병 받아 오라고.

　　　　(광대2 퇴장. 광대1 무덤을 파며 노래한다.)

　　　　　　　　　　(노래한다.)

　　젊었을 땐 사랑했네, 사랑을 했네.

　　사랑은 달콤하다 생각했는데

　　시간을 온통 사―랑에만 오―쏟았지.

오, 그런데 아무것도 남지 않더라.

햄릿 저 친구, 자기가 하는 일에 아무것도 못 느
끼나?

무덤을 파면서 노래를 부르다니.

호레이쇼 습관이 되어 자신의 일에 무심해졌나
봅니다.

햄릿 과연, 그럴 거야. 쓰지 않는 손의 감각이 더
예민한 법이니.

광대1 (노래한다.) 나이란 놈이 도둑 발로 슬며시
다가와

억세게 이 몸을 움켜쥐어

마치 옛 시절이 없었던 것처럼

나를 땅속에 내던졌네.

해골을 던진다.

햄릿 저 해골에도 혀가 있었고, 한때는 노래도 했
을 텐데.

저 친구, 해골을 마구 내던지는군.

마치 인류 최초의 살인을 한

카인의 턱뼈라도 되는 것처럼.

지금은 저 광대한테 마구 당하지만

저건 어떤 정치가의 머리였는지도 몰라.

하나님마저 속이려 든 작자 말이네. 안 그런가?

호레이쇼 그럴지도 모르죠, 왕자님.

햄릿 입만 열면

"안녕하십니까, 각하? 별일이 없으십니까, 각

하." 하던

궁중 귀족의 것인지도 모르고 아니면 아무개 귀

족의 말이 탐나

달라는 뜻으로 그 말을 칭찬하던 아무개 귀족의

것일지도 모르고.

호레이쇼 네, 왕자님.

햄릿 허, 과연 그래. 그런데 지금은 턱 떨어져 구

더기 마님 밥이 되고

매장꾼의 삽질에 대갈통을 얻어맞고 있으니.

우리들이 보는 눈이 있다면, 여기서 세상의 이
치를 보겠구먼.

저 뼈다귀들을 키운 값이 던지기 노리갯감밖에
안 돼?

생각하니 내 뼈가 쑤시는군.

광대1 (노래한다.) 곡괭이 하나에 삽 한 자루, 삽
한 자루

수의도 한 장 필요하고.

오, 땅속에 움막 파서

손님을 맞기엔 안성맞춤.

해골을 또 하나 내던진다.

햄릿 또 나오는군. 저런, 저건 어떤 법관의 것일
지도 모르지 않나?

그 고상한 궤변과 사건과 그 소유권 주장과 그
모략은 어디로 갔단 말인가?

지금 저 무식한 놈한테 더러운 삽으로 골통을

얻어맞고도

왜 폭행죄로 고소를 못 할까?

흠! 이 친구는 생전엔 땅도 많이 사들였을 거야.
담보 증명, 차용 증서, 이전 증서, 이중 증인, 양
도 확인,

온갖 수단을 써서 말이야. 담보물로 가득하던
골통을

이제 흙이라는 담보물로 가득 채우고 있으니

이게 그의 담보물 중 최고의 담보물이며,

양도 확인 중 마지막 양도 확인인가?

증인소환으로 보증된 토지구매가 이중 증인인
데도

가로세로 계약서 한 장 크기밖에 안 된단 말인가?

저 무덤에는 자기 땅의 땅문서도 다 못 들어갈
판이니,

매입자는 더 소유해서는 안 된다, 그 말인가?

호레이쇼 한 치도 더 안 됩니다. 왕자님.

햄릿 양피지란 양가죽으로 만드는 게 아닌가?

호레이쇼 네, 그렇습니다. 송아지 가죽으로도 만
들죠.

햄릿 그런 증서에서 소유권을 찾으려는 자들은
양이나 송아지 같은 놈들이야.

저 친구한테 말이나 걸어보자. 여봐라, 이게 누
구의 무덤이냐?

광대1 제 것입니다, 나리.

(노래한다.) 오, 땅속에 움막 파서

손님 맞기엔 안성맞춤.

햄릿 네 무덤임에 틀림없구나, 그 속에 들어가 있
는 것을 보니.

광대1 나리는 밖에 계시니 나리 것은 아니죠.

저는 이 속에 누워 있지는 않지만, 그래도 역시
제 무덤이죠.

햄릿 그 안에 있고 제 무덤이라니 자넨 그 안에
누워 있는 거야.

그렇지만 이 무덤은 산 사람 것이 아니고 죽은
사람의 것이니 자네 말은 거짓말이네.

광대1   그건 살아 있는 거짓말이죠. 나리. 다음 말을 이어받으시죠.

햄릿   어떤 사내의 무덤을 파는가?

광대1   사내가 아닙니다, 나리.

햄릿   그럼 여자인가?

광대1   여자도 아니죠.

햄릿   그럼 누가 매장되는가?

광대1   한때는 여자였는데, 애석하게도 이젠 죽었습죠.

햄릿   아주 까다로운 놈이군. 말을 정확하게 해야지. 애매하게 했다가는 본전도 못 찾을걸. 정말이지, 호레이쇼,
요 수삼 년간 주의해서 지켜보았는데 세상이 어찌나 변했는지
농사꾼의 발가락이 귀족의 발뒤꿈치까지 바싹 따라왔다니까.
무덤 파는 일은 언제부터 했는가?

광대1   일 년의 수많은 날 중에서 돌아가신 햄릿

대왕이

포틴브라스를 정복했던 날부텁니다.

햄릿 그럼 몇 년쨉가?

광대1 그걸 모르십니까? 바보들도 아는데.

왕자가 태어난 바로 그날이죠.

지금은 미처서 영국으로 추방됐다죠.

햄릿 그렇군. 왜 영국으로 추방됐지?

광대1 그야, 미쳤으니까요. 거기 가면 제정신이 든
다나요.

설사 병이 낫지 않아도 거기서야 무슨 문제가
되겠습니까?

햄릿 어째서인가?

광대1 거기서야 사람들의 눈에 띄지 않을 테니까요.

거기 사람들은 다 미쳤거든요.

햄릿 왕자가 왜 미치게 되었나?

광대1 사람들 말이 참 묘하게 미쳤다 합디다.

햄릿 어떻게 묘해?

광대1 그거야 정신을 잃어버렸으니까요.

햄릿 정신을 어디다 두고?

광대1 글쎄, 여기 이 덴마크에요.

전 이곳에서 교회지기로 다 합쳐 30년 동안 무
덤을 파고 있습죠.

햄릿 흙 속에서 사람이 썩는 데 얼마나 걸리는가?

광대1 그거야 죽기 전에 썩지만 않으면

한 8~9년쯤 걸리죠. 요새는 매독으로 죽는 놈들
이 많아

파묻기 전에도 썩어 있습죠.

가죽을 만지는 피혁공은 9년이 걸릴 겁니다.

햄릿 그는 왜 오래 걸리지?

광대1 무두질을 하도 해 살가죽이 반질반질하니
물을 막아내니까요.

물이라는 게 시체를 썩게 하거든요.

이 해골 좀 보세요.

이건 20년하고도 3년 더 땅속에 있던 겁니다.

햄릿 누구의 것인가?

광대1 형편없이 미친놈이죠. 누구일 것 같습니까?

햄릿 글쎄, 모르겠는걸.

광대1 미친놈, 잘 돼졌지.

이놈이 한번은 제 머리에 포도주 한 병을 몽땅

부었습죠.

이 해골바가지는 나리, 바로 요릭이라는 임금님

의 광대 겁니다.

햄릿 이게?

광대1 그렇다니까요.

햄릿 어디 보자.

(해골을 집는다.) 불쌍한 요릭.

내 이 사람을 아네, 호레이쇼. 기상천외하고 기

막힌 재담꾼이었지.

그가 수천 번이나 나를 등에 업었는데,

지금 생각하니 소름이 끼치네! 구역질이 나.

여기에 내가 수없이 키스한 입술이 매달려 있겠지.

늘 식탁을 떠들썩하게 하던 그 익살, 야유, 노래,

그 신명 나는 여흥은 다 어디로 갔지? 전처럼

이빨을 드러내고 비꼴 이가 아무도 없나.

말 그대로 턱이 떨어져 나갔나? 마님 방에 가서
이렇게 고하라고.

"아무리 화장을 두껍게 해봤자 이 꼴이 됩니다."
라고.

마님들을 웃겨 보라고.

부탁이야, 호레이쇼, 하나만 말해주게.

호레이쇼   무엇입니까, 왕자님?

햄릿   알렉산더 대왕도 흙속에서 이런 꼴이 되었
을까?

호레이쇼   물론이지요.

햄릿   이렇게 썩은 냄새도 나고? 퉤! (해골을 놓는다.)

호레이쇼   그렇겠죠.

햄릿   사람이 죽어 흙이 되면 얼마나 천한 쓰임새
로 돌아가는가?

알렉산더의 고귀한 유골이, 추적하면 결국 술통
마개가 된다고

상상할 수 있지 않을까?

호레이쇼   그건 좀 지나친 생각같습니다.

햄릿 아니지, 아니야. 과장 없이 순서대로 밟아보면
그럴 가능성도 있는 거라고. 알렉산더가 죽는다,
알렉산더가 매장된다, 알렉산더가 흙으로 돌아
간다,
그 흙으로 회반죽을 만든다. 그렇다면 왜 그의
변신인 회반죽으로 맥주통을 못 막지?
시저 황제, 그도 죽어 흙으로 돌아가면 병뚜껑
이나
바람막개가 되는 수도 있을 거다.
아, 세상을 떨게 하던 그 몸뚱이가 흙덩어리가
되어
겨울바람 쫓으려고 벽 구멍을 때우는 데 쓰이다니.
그런데 잠깐, 잠깐만. 왕과 왕비와
조신들이 오는군.

(오필리어의 관을 멘 사람들을 따라 사제, 레어티
즈, 왕, 왕비, 조신들 등장.)

왕과 왕비에 귀족까지. 누구의 장례지? 이처럼
초라하게. 이건 죽은 자가 절망한 나머지 스스

로 목숨을 끊은 것 같아.

상당히 높은 신분이었을 거야. 잠시 숨어서 살
펴보세.

레어티즈 예식은 이것뿐이오?

햄릿 저건 레어티즈야, 훌륭한 청년이지. 잘 보게.

사제 이 예식은 교회의 규칙이 허용하는 한 최선
을 다한 겁니다.

사인이 의심스러워 국왕의 명령으로 관례를 굽
혔기에 망정이지,

아니었다면 시체는 부정한 땅에 묻혀 최후의 심
판에서

나팔 소리가 들릴 때까지 그대로 방치되었을 겁
니다.

자비로운 기도 대신에 사금파리, 부싯돌, 자갈
을 맞았을 운명이었소.

그렇지만 이번엔 특별히 처녀에 어울리는 화환
을 바치고 꽃을 뿌려 조종까지 울려주는 배려가
주어진 거요.

275

레어티즈 더 이상은 바랄 수 없다는 말이오?

사제 없습니다. 조용히 이 세상을 떠난 사람들처럼
　　엄숙한 진혼가를 부른다면 그건 장례 예배를 모
　　독하는 겁니다.

레어티즈 누이를 묻어라.

　　이 아름답고 청순한 육체에서 오랑캐꽃이 피어
　　날 거야.

　　이 매정한 사제야. 네놈이 지옥에서 아우성칠 때
　　내 누이는 저 하늘의 천사가 될 것이다.

햄릿 뭐라고? 아름다운 오필리어가!

왕비 (꽃을 뿌린다.)

　　꽃 위에 꽃이다. 잘 가거라.

　　네가 햄릿의 신부가 되길 바랐는데.

　　너의 신방을 장식하려던 꽃을 네 무덤에 뿌리게
　　되었으니.

레어티즈 아, 이 세 배의 고통이 열 배의 또 세 배
　　가 되어,

　　너의 고귀한 이성을 흉악하게 앗아간

276

그 저주받을 햄릿이란 놈의 머리에 떨어져라.

잠깐, 흙을 거두어라. 한 번만 더 내 품에 안고
싶다.

(무덤 속에 뛰어든다.) 자, 흙을 덮어
산 사람, 죽은 사람을 함께 묻어라.

평지가 산이 되도록 쌓아 올려, 펠리온 산보다
더 높이,

하늘을 찌르는 저 푸른 올림포스 정상보다
더 높이 쌓아 올려라.

햄릿 (앞으로 나서며) 그렇게 요란을 피우며 슬퍼
하는 자는 누구냐?

그 비탄에 찬 아우성으로 하늘의 별들이 그 소리
에 혼란하고 놀라 정지하게 만드는 자가 누구냐?
난 덴마크의 왕자, 햄릿이다.

(무덤 속으로 뛰어든다.)

레어티즈 (햄릿을 움켜쥔다.) 이 지옥에 떨어질 놈아!

햄릿 기도 치곤 좋지 않은데.

제발 내 목에서 손가락을 치우라고.

277

나는 화가 나 있지 않고 난폭하지도 않지만,

그러나 내게는 위험한 그 무언가가 있어 건드리

면 터진다.

손을 놓으라니까.

왕 저 둘을 떼어놓아라.

왕비 햄릿, 햄릿!

일동 자, 두 분!

호레이쇼 진정하십시오, 왕자님.

햄릿 아니, 난 이 일을 위해 저자와 싸우겠다.

내 눈에 흙이 들어갈 때까지.

왕비 오, 아들아, 이 일이란 뭐냐?

햄릿 저는 오필리어를 사랑했습니다.

수만 명의 오빠의 사랑을 다 합쳐도

저의 사랑엔 미치지 못할 겁니다.

(레어티즈에게) 너는 오필리어를 위해 무엇을 한다

는 거야?

왕 왕자는 미쳤다, 레어티즈.

왕비 제발 참아다오.

278

햄릿 빌어먹을, 어쩔 건지 보여달란 말이다.

울 테냐, 싸울 테냐, 굶을 테냐, 네 몸을 찢을 테냐

식초를 마시거나 악어를 먹을래? 그런 건 나도

하겠다.

훌쩍거리려고 여기에 왔나?

나를 위협하려 동생 무덤 속에 뛰어들어?

같이 생매장당하겠다고? 나도 하마.

네가 산이 어쩌고 하면 우리 위에 수억 톤의 흙

을 덮자.

그 흙더미의 높이가 태양으로 그을릴 만큼 높고,

오싸 산의 꼭대기가 사마귀처럼 보일 지경으로

높게 말이야.

그래, 네가 큰소리친다면 나도 짖어대겠다.

왕비 이건 광기일 뿐이다. 잠시 저렇게

발작이 지속되다가 곧 암비둘기가

금빛 새끼 한 쌍을 깠을 때처럼

조용히 침묵하며 가라앉을 거라네.

햄릿 내 말을 들어봐. 나를 이렇게 대하는 이유가

279

뭔가?

나는 항상 너를 좋아했어. 그러나 이제 상관없다.

헤라클레스가 제아무리 애써봤자

고양이는 야옹 하고 울 것이요,

개는 자기 좋은 일이나 할 테니까.

햄릿 퇴장.

왕 부탁이다, 호레이쇼, 그를 돌봐주거라.

(호레이쇼 퇴장.)

(레어티즈에게) 어젯밤에 얘기했듯이 침착해져라.

내 당장 그 일을 행동으로 밀고 나가야겠다.

거트루드, 당신 아들을 철저히 감시해야겠소.

이 무덤에는 영구히 남는 기념비가 세워질 것이다.

머지않아 평화스러운 때가 곧 찾아올 것이다.

그러나 그때까지는 신중히 일을 진행해야겠지.

모두 퇴장.

제2장 궁정 안

햄릿과 호레이쇼 등장.

햄릿 이 일은 그쯤하고, 또 다른 일이 있네.
      전후의 사정은 다 기억하고 있겠지?

호레이쇼 기억하고말고요, 왕자님.

햄릿 내 마음속에는 일종의 전쟁이 일어나고 있어.
      잠을 이룰 수가 없었다네. 누워도 내가 반란을
      일으키다
      발목이 쇠사슬로 묶인 죄수 신세 같다는 생각뿐.
      무모하게, 하기야 무모한 것도 경우에 따라 칭찬

할 만해.

가끔 심사숙고한 계획이 실패할 땐

무모함이 도움이 되는 수가 있으니까 말이야.

고로 배우게 돼. 일은 인간이 벌였지만

마무리하는 것은 신의 뜻임을.

호레이쇼 분명 그렇습니다.

햄릿 선실에서 일어나, 선원 옷을 대충 걸치고

어둠 속을 더듬거리며 그걸 찾았네.

내 뜻이 이뤄져 그들의 꾸러미를 훔쳤어. 다시

내 방으로 돌아와 대담하게, 예의도 잊은 채 그

왕의 서한을 뜯어보았네.

거기서 본 건, 호레이쇼, 아, 왕의 흉계!

엄중한 지시더군, 덴마크 왕과 영국 왕의 안전

을 위한다면서 이러저러한 변명을 잔뜩 나열하

고, 나를 살려두면 악마같이 나쁜 짓을 할 터이

니 편지를 보는 즉시

도끼날을 갈 시간도 주지 말고 지체 없이 내 목

을 치라는 말이었네.

호레이쇼 어떻게 그럴 수가?

햄릿 (서한을 건네주며) 여기 지령이 있으니
시간이 있을 때 읽어보게.

이제 내가 어떻게 행동했는지 듣겠나?

호레이쇼 간청합니다.

햄릿 이렇게 악당들의 그물에 꼼짝없이 걸려들어
내가 각본을 짜기도 전에 그들이 벌써 연극을 시
작했네.

나는 자리에 앉아서 새로운 국왕의 친서를 꾸며
냈지.

글씨도 깨끗이 써서.

한때는 나도 정치가들처럼 매끈한 필체를 속되
다고 여기고 이미 배운 것을 잊으려 애쓴 적이
있었네만,

이제는 그게 굉장한 도움을 줬어.

내가 쓴 내용을 알고 싶겠지.

호레이쇼 물론입니다, 왕자님.

햄릿 덴마크 왕으로부터 간곡한 부탁이지.

영국은 충실한 속국이며 양국 간의 우정은

종려나무가 번성하듯 두터워지고

평화의 여신이 항상 풍요의 화환을 쓰고

양국을 맺어주는 역할을 한다는 식의

격식을 갖춘 말들을 늘어놓고서는,

이 글을 읽는 즉시 지체하지 말고

이 글의 지참자들을 죽기 전 참회의 여유도 주

지 말고

처형하라고 했네.

호레이쇼 국서의 봉인은 어떻게 하셨습니까?

햄릿 그것조차 신의 뜻이었지. 마침

덴마크 옥새의 원형인 아버지의 인장을

내 지갑 속에 갖고 있었거든.

난 그 서찰을 같은 형태로 접고 서명하고 도장

을 찍어

몰래 감쪽같이 갖다 뒀지.

그런데 다음 날 해적들과의 싸움이 일어났고,

그 뒤의 일은 자네가 알고 있는 바와 같네.

호레이쇼 그러니 길든스턴과 로젠크란츠는 죽었 겠군요.

햄릿 그거야, 그 친구들이 자청한 것이 아닌가? 내 양심에 거리낄 것이 없네.

그 친구들의 파멸은 그들이 초래한 결과니까 말 이야.

하찮은 놈들이 두 거물이 주고받는 칼싸움에 끼 어든다는 건 위험한 일이지.

호레이쇼 허, 이런 왕이 있을 수가!

햄릿 그러니 자네 생각에 내가 임무로서 선왕을 시해하고

어머니를 더럽혔으며, 당연히 왕위에 오를 나의 앞날을 막고 나의 목숨마저 노리고 온갖 속임수 를 쓰는 이놈을 처리하는 것이 완전히 양심에 따른 행위가 아니냔 말이야.

게다가 이런 암적인 존재를 그대로 내버려두어 몹쓸 짓을 계속하게 한다는 것이야말로 저주받 을 일이 아니겠나.

호레이쇼 영국에서 그쪽 일의 결과가 어떻게 되

었는지

머지않아 알려올 것입니다.

햄릿 곧 오겠지. 그러나 그사이, 시간은 내 것이야.

인간의 삶이란 '하나'라고 말하는 사이에 사라

지는 것.

그렇지만 이보게, 호레이쇼. 레어티즈에게 이성

을 잃은 것은 내가 지나쳤네.

내 처지로 미뤄보아 그 친구의 심정도 알 수 있

으니,

내 용서를 구하겠어. 그가 지나치게 애통해하니까

내 감정도 격해진 거야.

호레이쇼 잠깐, 저기 누가 오는 것 같습니다.

신하 오즈릭 등장. 모자를 벗으며.

오즈릭 왕자님의 귀국을 충심으로 환영합니다.

햄릿 참으로 고맙소. 자네, 이 똥파리를 아는가?

286

호레이쇼 모릅니다, 왕자님.

햄릿 모른다니 다행이군. 그를 안다는 자체가 죄
악이야.

이 친구는 아주 비옥한 땅이 많아. 짐승 같은 놈
들도

가축만 많이 갖고 있으면 자기 여물통을 궁중에
끌고 와서 왕과 같이 밥을 먹으려고 하거든.

까마귀같이 말만 많은 놈이 땅만은 널찍하게 가
졌어.

오즈릭 왕자님, 시간이 괜찮으시다면 폐하의 분
부를 전해드릴까 해서.

햄릿 들어봅시다. 정신을 곤두세워 듣겠소.

그 모자는 본래의 위치에 갖다 놓으시지요.

그건 머리에 쓰는 거니까.

오즈릭 황송합니다, 왕자님. 굉장히 더워서.

햄릿 무슨 말씀을 굉장히 추운걸. 북풍이 불고 있
잖소.

오즈릭 사실 상당히 추운 것 같습니다, 전하.

햄릿 그런데 내 체질엔 굉장히 뜨겁고 무더운걸.

오즈릭 네, 전하. 굉장히 무덥고 글쎄,

뭐라 표현해야 할지 모르겠습니다.

전하, 폐하께서는 전하에게 굉장한 내기를 거셨으니

이 사실을 전해드리라는 분부였습니다. 그 내용인즉.

햄릿 제발 잊지 말고.

햄릿은 그에게 모자를 쓰도록 손짓을 한다.

오즈릭 아니요, 전하. 실은 이것이 편합니다.

전하, 최근에 레어티즈가 궁정에 돌아왔는데 참말이지

그는 완벽한 신사요, 기가 막힌 재주가 가득하고

대인 관계도 좋고 위풍당당합니다.

정말로 그분이야말로

신사도의 지침서에, 안내서라고 할 수 있지요.

신사로서의 소양을 한 몸에 전부 지니고 있으니
말입니다.

햄릿 잘도 세밀화처럼 묘사하시니 그 친구는 손
해를 볼 것이 없겠소.

그러나 그렇게 장점을 낱낱이 세분하니 기억하
기 어렵겠어.

빠른 돛을 단 배도 그의 미덕을 열거하기는 부족
할 거요.

사실대로 말해, 레어티즈는 대단한 인물이오.

그는 소중하고 보기 드문 자질을 가진 이라 진
실하게 표현하면

그 사람과 비슷한 인물은 거울에서 찾아볼 수
있을 뿐,

그를 쫓을 수 있는 사람은 그의 그림자뿐일 거야.

오즈릭 추호도 빈틈이 없는 옳은 말씀입니다, 전하.

햄릿 무슨 심사요? 어째서 그 신사를

그렇게 무례한 말로 추어올리는 거요?

오즈릭 네?

호레이쇼 좀 더 알기 쉬운 말로 하면 못 알아듣소?
쉬운 말이 나오실 텐데.

햄릿 그 신사의 이름을 끄집어내는 저의가 뭐난
말이오?

오즈릭 레어티즈 말씀입니까?

호레이쇼 (햄릿에게 방백) 저 양반의 말주머니가
벌써 비었나 봅니다.

그 번드레한 말이 말라버린 모양이지요.

햄릿 그렇소, 레어티즈 말이오.

오즈릭 이 일을 모르실 리 없다고 생각하지만.

햄릿 그렇게 생각해주시오.

하기야 그렇게 생각해준다고 해서 나에게 큰 칭
찬은 못 되겠지만.

그래서요?

오즈릭 레어티즈가 얼마나 훌륭한지 모르시지
않으시지요.

햄릿 그 사람을 어찌 감히 안다고 하겠소.

그 사람하고 우열을 가릴 생각은 없소이다.

내 자신도 모르는데 어찌 다른 사람을 알 수 있 겠소.

오즈릭 신의 말씀은 왕자님, 그 사람의 검술 말입 니다.

사람들 말로는 그 분야에 있어서는 그 명성이 대단해

비길 만한 사람이 없다고 합니다.

햄릿 그가 무슨 검을 다루는가?

오즈릭 세검과 단검입니다.

햄릿 그게 그의 무기 중 두 가지라, 그런데?

오즈릭 국왕 폐하께서는 바바리산 명마 여섯 필을 거셨고,

레어티즈는 프랑스제 세검과 단검 여섯 자루에 혁대와 검고리 등 부속품 일체를 걸었습니다.

특히 검가는 보기에도 오묘해 칼자루와 잘 어울 리는데다가

가장 우아하고 섬세하게 만든 걸작입니다.

햄릿 검가가 뭔가?

호레이쇼 (햄릿에게 방백) 주석이 붙지 않고선

저 사람의 말은 이해할 수가 없을 겁니다.

오즈릭 검가란 검을 거는 고리입니다.

햄릿 허리에 대포를 차고 다니면 몰라도 그 말

참 과하구나.

그때까지는 그냥 칼 고리로 부르는 게 좋겠소.

어쨌든 바바리산 말 여섯 필에 프랑스제 검 여

섯 자루,

그 부속품에 가장 우아한 칼 고리 셋이라,

이건 프랑스 대 덴마크의 전쟁이군.

왜 이런 내기를 하신다는 거요?

오즈릭 국왕 폐하께서는 왕자님과 레어티즈가

12회전 시합을 할 경우,

레어티즈 경이 왕자님을 석 점 이상 이기지

못할 것이라는 데 거셨습니다.

레어티즈 경은 12 대 9로 이기는 것에 거셨고요.

왕자님께서 도전을 받아주신다면 시합은 당장

시작될 것입니다.

햄릿 내가 싫다고 대답하면?

오즈릭 제 말은 시합의 상대를 해주십사 하는 겁
니다.

햄릿 좋소. 그것이 폐하의 뜻이라면,

난 여기 복도를 걷고 있을 테니 처분대로 하시
라지.

지금이 마침 운동할 시간이니, 시합용 칼을 갖고
오시오.

상대방이 원하고 왕의 의향도 그렇다면 왕을 위해

될 수 있는 대로 이겨보겠소.

이기지 못한다 해도 망신을 좀 당하고 얻어맞을

뿐이겠지.

오즈릭 그렇게 말씀을 전해도 괜찮겠습니까?

햄릿 뜻을 전하되 표현은 당신 뜻대로 마음껏 장
식해도 좋소.

오즈릭 이만 실례하겠습니다.

햄릿 오히려 이쪽으로 부탁하네.

(오즈릭 퇴장.)

자기가 자기를 칭찬할 친구야,

누구 하나 자기를 봐주지 않으면 말이야.

호레이쇼 저 햇병아리는 알껍데기를 머리에 뒤집

어쓴 채

뛰어다니는군요.

햄릿 저놈은 제 어미 젖을 빨기 전에 젖에 대고

절부터 할 친구야.

저자와 비슷한 놈이 많아.

이 경박한 세상에서 세풍에 장단 맞추어

겉치레뿐인 사교술이나 배우고,

거품 같은 장광설로 비판을 잘도 피하지만,

저런 것들의 교양이란 훅 불면 거품처럼 날아갈

거야.

신하 등장.

신하 왕자님, 폐하께서 왕자님이 복도에서 폐하

를 기다리시겠다는 말씀을 오즈릭으로부터 보

고받으시고는, 왕자님께서 레어티즈 경과 지금 시합하실 의향이 있으신지, 아니면 잠시 연기하실 것인지 알아보라는 어명이십니다.

햄릿 나의 의향에는 변함이 없소. 폐하의 뜻대로 할 테니 왕께서 좋으시다면 나는 언제든지 준비가 되어 있소. 이 몸이 지금처럼 잘만 움직여준다면, 지금이든 언제든 좋소.

신하 폐하와 왕비님 그 외 다른 분들께서 이리로 오고 계십니다.

햄릿 잘되었군.

신하 왕비께서는 시합을 하기 전에 왕자님께서 레어티즈 경께 화해의 말씀을 하라는 분부가 있으셨습니다.

햄릿 옳은 말씀이지.

신하 퇴장.

호레이쇼 이번 내기에 지실 것 같습니다, 왕자님.

햄릿   나는 그렇게 생각지 않네.

레어티즈가 프랑스에 간 뒤로 꾸준히 연습을 해 왔으니.

시합에 이길 걸세.

자네는 모르겠지만 마음이 좀 심란하군.

그러나 상관없어.

호레이쇼   안 됩니다, 왕자님.

햄릿   바보 같은 생각이야. 여자나 느낄 불안감이지.

호레이쇼   마음이 좋지 않으시면 그만두셔야 합니다.

제가 가서 일행의 행차를 막고

왕자님이 시합에 응하실 수 없다고 말씀드리지요.

햄릿   그럴 필요 없네. 나는 예감이라는 걸 믿지 않으니까.

참새 한 마리가 떨어지는 것조차 신의 특별한 섭리이니,

죽음이란 지금 오면 앞으론 오지 않을 테고

지금 오지 않는다 해도 언젠가는 올 것이야.

각오할 뿐이네.

이 세상에 죽을 때를 아는 이는 아무도 없는데
일찍 죽는 것이 대수인가?
순리를 따르세.

왕, 햄릿, 레어티즈, 귀족들, 오즈릭과 시종
들이 검을 갖고 등장.

왕 자, 햄릿, 와서 이 손을 잡아라.

레어티즈의 손을 햄릿 손에 쥐어 준다.

햄릿 용서하게. 내가 무례했어. 신사답게 용서해
주게.
여기 계시는 분들도 아시고 자네도 들었을 거야.
내가 심신 착란으로 얼마나 고통을 받았는가를.
내가 한 짓이 자네의 마음과 명예,
그리고 감정을 몹시 상하게 했을 줄은 알지만
그건 모두 내 광증 탓이네.

레어티즈에게 난폭한 짓을 한 것이 햄릿인가?
그건 절대 햄릿이 아니야. 햄릿이 미쳐 자기 자
신과 분리되어 자기가 아닐 때
레어티즈를 괴롭혔다면, 그건 햄릿이 한 짓이
아냐.
햄릿이 스스로 부정을 하네.
그럼 누가 한 짓인가? 그의 광기네.
광기가 불쌍한 햄릿의 적이라네.
그러니 여러분이 계신 앞에서 내가 저지른 잘못이
고의적으로 해를 끼치려 한 것이 아님을 밝히니
관대한 마음으로 받아주게.
지붕 너머로 쏜 눈먼 화살이 형제를 상하게 했
다고 생각해주게.

레어티즈 복수심에 불탄 것이 이 자리에 나온 동
기이지만
말씀을 들으니 제 마음이 누그러졌습니다.
그러나 제 명예에 관한 한 양보할 수 없습니다.
명망 있는 어른들께서

화해를 해도 신의 이름이 더럽혀지지 않는다는
의견이나 선례를 말씀해주시기 전에는 말입니다.
그러나 왕자님의 호의는 받아들이고
그 뜻을 욕되게 하지는 않겠습니다.

햄릿 그 말을 기꺼이 받아들이겠네.
그럼 형제간의 시합처럼 깨끗이 응하겠네. 자,
검을 주시오.

레어티즈 자, 이쪽에도 하나.

햄릿 나는 자네의 장식이 되지, 레어티즈.
미숙한 내 솜씨에 비해 자네의 기량은 밤하늘의
별처럼 빛날 테니.

레어티즈 놀리지 마십시오.

햄릿 아니, 진심이라네.

왕 오즈릭, 두 사람에게 검을 줘라.
햄릿, 내기에 관해 알고 있는가?

햄릿 잘 알고 있습니다, 폐하. 약한 쪽을 유리하
게 해주셨다고요.

왕 염려하는 건 아니다. 너희 두 사람의 솜씨는

잘 알고 있다.

다만 레어티즈 쪽이 좀 나았다기에 몇 점을 두

었을 뿐이다.

레어티즈 이 검은 좀 무거운데, 다른 것을 봅시다.

햄릿 이게 좋구나. 이 검은 길이가 다 같은가?

오즈릭 네, 전하.

그들이 시합 준비를 하는 동안 포도주 병과

잔을 든 하인들이 등장.

왕 술잔을 저 탁자 위에 놓아라.

햄릿이 1회전 또는 2회전에서 득점을 하거나

3회전에서 점수를 만회하면

성벽의 모든 대포를 발사해 축포를 터뜨리도록

해라.

국왕도 햄릿의 건투를 위해 축배를 들 것이요,

대를 이어 네 명의 왕에게 쓰여진 왕관을 장식

하던 것보다

더 귀중한 진주를 술잔에 넣겠다.

자, 술잔을 이리로.

그리고 북을 쳐서 나팔수에 알리고

나팔수는 성 밖의 포수에게 알려,

대포는 하늘에, 하늘은 대지에 전하도록 해라.

'이제 국왕은 햄릿을 위해 건배를 한다.'라고.

자, 시작하라.

(나팔 소리가 들린다.)

너희들 심판관도 눈을 똑바로 뜨고 살피어라.

햄릿 자, 덤벼라.

레어티즈 먼저 덤비시지요.

두 사람이 시합한다.

햄릿 1점.

레어티즈 아니오.

햄릿 (오즈릭에게) 심판!

오즈릭 1점, 분명히 1점입니다.

레어티즈 자, 다시.

왕 잠깐, 술을 다오.

  햄릿, 이 진주는 네 것이다.

  너의 건강을 위해.

>   (나팔 소리와 포성이 들린다.)

  햄릿에게 이 잔을 전하라.

햄릿 먼저 경기부터 끝내겠습니다. 잔을 거기에
  둬라.

>   (시합을 한다.)

  또 1점. 어떤가?

레어티즈 스쳤어요. 스쳤어요. 인정합니다.

왕 우리 아들이 이길 것 같군.

왕비 땀이 나고 숨이 찬 모양이야.

  자, 햄릿. 이 손수건으로 이마를 닦아라.

  내가 네 행운을 위해 축배를 들겠다.

햄릿 고맙습니다.

왕 거트루드, 마시지 마오.

왕비 마시겠어요. 미안해요.

왕　(방백) 독이 든 잔인데, 이미 늦었다.

　왕비가 독배를 들어 마시고 햄릿에게도 권한다.

햄릿　어머니, 전 아직 마시지 않겠습니다. 조금
　뒤에 마시겠어요.

왕비　이리 오렴, 얼굴을 닦아주마.

레어티즈　(왕에게 방백) 폐하, 이번에는 찌르겠습니다.

왕　(레어티즈에게 방백) 그렇게 안 될걸.

레어티즈　(방백) 그렇지만 양심에 걸리는데.

햄릿　자, 3회전을 하자. 레어티즈, 일부러 늦추는
　것 같아.
　좀 맹렬히 덤벼보게, 나를 애송이 취급하지 말고.

레어티즈　그렇게 생각하신다면야, 자.

　계속 시합한다.
　오즈릭 양쪽 동점.

303

레어티즈 자, 간다.

레어티즈가 햄릿에게 상처를 낸다. 이어 혼
전 끝에 검이 바뀌고 햄릿이 레어티즈를 찌
른다.

왕 두 사람을 떼어놓아라. 너무 흥분했다.
햄릿 아닙니다. 다시 덤벼라.

왕비가 쓰러진다.

오즈릭 아니, 왕비님을 보십시오, 저런!
호레이쇼 양쪽이 다 피를 흘리다니. 괜찮으십니까,
왕자님?
오즈릭 괜찮으십니까, 레어티즈 경?
레어티즈 제 덫에 걸린 도요새 꼴이네, 오즈릭.
내 음모에 내가 다쳐 죽게 되었으니.
햄릿 어머니는 어떻게 되신 건가?

왕 피를 보고 실신했다.

왕비 아냐, 아냐, 저 술, 저 술이!

오! 내 아들 햄릿! 술, 술이! 난 독살당했다.

왕비가 죽는다.

햄릿 오, 끔찍한 음모다!

여봐라, 문을 잠가라. 반역이다! 범인을 찾아라!

레어티즈 범인은 여기 있습니다, 햄릿 왕자님.

왕자님도 곧 목숨을 잃습니다.

이 세상의 어떤 약도 효과가 없을 겁니다.

이제 반시간 정도 남으셨습니다.

반역의 도구는 왕자님의 손에 쥐어 있어요.

칼끝이 날카롭고 독이 칠해져 있습니다.

이 흉계는 제게 되돌려졌군요. 보십시오.

저는 두 번 다시 일어날 수 없습니다.

왕비께서도 독살당하셨고, 저는 더 이상……

저 왕, 왕의 짓입니다.

햄릿 칼끝에 독을? 그렇다면, 독이여, 네 할 일을
다 해라. (왕을 찌른다.)

일동 반역이다, 반역!

왕 오, 여봐라. 나를 지켜 다오. 내 상처는 아직
가볍다.

햄릿 자, 이 음탕하고 잔학한 살인자, 저주받을
덴마크의 왕아.

이 독약을 마셔라.

　　　(햄릿이 왕에게 강제로 술을 마시게 한다.)

이게 너의 진주냐?

어머니 뒤를 따라가라.

　　　　　　　왕이 죽는다.

레어티즈 그는 당연한 천벌을 받은 겁니다.
자기가 탄 독약을 마셨으니. 햄릿 왕자님, 우리
서로 용서합시다.

저의 죽음도, 아버지의 죽음도, 왕자님의 죄가

아니니

왕자님의 죽음도 저의 죄가 아니기를.

레어티즈가 죽는다.

햄릿 하늘이 그대의 죄를 용서할 테니. 나도 자네

를 따를 거야.

나는 죽네, 호레이쇼. 불쌍한 어머니, 안녕히.

이 참변을 보고 창백하게 떨고 있는 여러분,

벙어리처럼 이 모습을 보는 여러분께

나에게 시간이 있다면 '냉혹한 죽음의 사신이

매정하게 독촉하지만 않는다면' 오, 말씀드릴

수도 있지만

그러나 그냥 두자. 호레이쇼, 나는 죽네.

자네는 살아남아, 모르고 있는 이들에게

나와 나의 사정을 올바로 전해주게.

호레이쇼 제가 그럴 거라 믿지 마십시오.

덴마크인으로 살아남기보다는 고대 로마인이

되겠습니다.

여기 독배가 아직 남아 있습니다.

햄릿 자네는 사나이이니

잔을 이리 주게. 손을 놔. 이리 달라니까?

오, 신이시여. 그 얼마나 큰 오명인가

일이 알려지지 않고 이대로 끝난다면 말일세,

자네가 진정 나를 마음에 둔 적이 있다면,

천상의 은총은 잠시 미루고

이 험한 세상에서 고통 속에 숨을 쉬며

내 얘기를 전해주게.

   (멀리서 군대의 행진 소리. 이어 포성이 들린다.)

저 전투 소리는 뭔가?

오즈릭 노르웨이의 왕자 포틴브라스가

폴란드를 정복하고 돌아오는 길에

영국의 사신을 만나 쏘는 예포의 소리입니다.

햄릿 아, 나는 죽네. 호레이쇼.

무서운 독에 내 기력은 마비됐어.

영국에서 올 소식도 듣지 못하고 죽는구나.

그러나 예언하건대 다음 국왕으로 선출될 사람
은 포틴브라스야.
이게 내 유언이네.
지금까지의 자초지종을 그에게 전해다오.
남은 건 침묵뿐이다.

　　　　햄릿은 긴 한숨을 내쉬고 죽는다.

호레이쇼　이제 고상하신 목숨도 스러졌구나.
편히 쉬십시오. 어진 왕자님.
모여드는 천사의 노래를 들으며 안식하시길!
왜 북 소리가 가까워지는가?

　　　행군 소리와 함께 포틴브라스. 영국 사신들
　　　그리고 그 외 사람들 등장.

포틴브라스　그 일은 어디서 일어났소?
호레이쇼　무엇을 보고 싶으시다는 말씀이시오?

비통하고 애절한 광경을 보려거든 여기 말곤 없
을 겁니다.

포틴브라스 이 무참한 시신 더미가 대참사를 말
해주고 있구나.

오, 거만한 죽음의 신이여, 너 무슨 연회를 열었기
에

이처럼 많은 왕족을 처참히 죽여버렸는가?

사신1 처참한 광경입니다. 영국에서 가져온 보고
는 너무 늦었군요.

어명이 집행되어 로젠크란츠와 길든스턴이 처
형되었다는 보고를 들을 귀는 이제 감각을 잃었
군요.

우리의 수고에 고맙다는 치사를 어디서 들을까요?

호레이쇼 그 말, 저 입으로부터는 들을 수 없을
게요.

국왕이 생존했다 하더라도 말입니다.

국왕은 그들의 처형을 명령한 적이 없습니다.

그러나 왕자님은 폴란드에서, 당신은 영국에서

여기에 도착한 이상,

이 시신들을 사람들이 잘 볼 수 있는 단상에 높이 모시도록 명령을 내려주십시오.

그러면 제가 아무것도 모르는 세상 사람들에게 어떻게 이런 일이 생겼는지 이야기하겠습니다.

여러분은 간음과 유혈이 낭자한 비정한 행위, 우발적이고 교활하나 부득이한 살인 그리고 결과적으로 빗나간 흉계가 그 음모자의 머리에 어떻게 떨어졌는가에 대해서 자초지종을 남김없이 알 수 있을 것입니다.

포틴브라스 당장 듣고 싶소. 중신들을 불러주시오.

나는 애통한 마음으로 나의 운명을 맞이하겠소.

나는 이 왕국의 왕위 계승권을 잊지 않고 있소.

이 기회에 그 권리를 청할 생각입니다.

호레이쇼 그 일에 대해선 저도 말씀드릴 것이 있습니다.

그것도 왕자님의 입에서 나온 말씀이지요.

그렇지만 방금 말씀드린 일부터 처리해야겠습

니다.

민심이 소란하여 음모와 오해가 어떤 불상사를
몰고 올지 모르니.

포틴브라스 부대장 네 명이 군인답게 예를 갖추어
햄릿 왕자를 단상으로 모셔라.

왕위에 오르셨다면 가장 군주다운 군주가 되셨
을 분이다.

이분의 서거를 애도하여 군악을 올리고
조포를 쏘아 세상에 알려라. 시신들을 치워라.
이런 광경은 전쟁터에는 어울리지만 여기에는
어울리지 않는다.

가서 병사들에게 조포를 쏘라고 명령하라.

병사들 시체를 메고 나간다. 모두 퇴장. 잠시
후, 조포가 울린다.

끝.

작품 해설

햄릿이 지나치게 생각이 많은 성격인 탓에 정작 실행으로는 옮기지 못하는 나약한 인물이라고 여기는 사람이 많다. 심지어 19세기 비평가 윌리엄 해즐릿(William Hazlitt)은 햄릿을 행동이 마비된 '철학적 사색의 왕자'라 평하기도 했다. 유령이 되어 나타난 아버지로부터 복수를 부탁받은 아들은 철천지원수인 숙부를 해하려는 시도를 극이 끝날 때까지 차일피일 미룬다.

그러다 결국엔 숙부뿐 아니라 어머니, 사랑하는 연인 오필리어, 친구 레어티즈, 로젠크란츠, 길든스턴 그리고 신하 폴로니어스까지 죽음으로 몰고 간다. 그것으로도 모자라 스스로 죽음을 맞는 것으로 끝난다. 셰익스피어의 4대 비극 중 가장 먼저 쓴 《햄릿(Hamlet)》의 줄거리만 보았을 때 햄릿은 분명 유약하고 감성적인 인물이다.

그러나 그것은 오해였다. 이 희곡을 꼼꼼하게 다시 읽으면, 이러한 햄릿에 대한 평가가 지나치게 인색할 뿐 아니라 정확하지 않다는 결론을 갖게 된다.

햄릿은 우유부단한 인물의 전형이 아니라 오히려 합리적으로 사고하고 판단하는 근대적 인물이었다. 햄릿이 직접적인 복수를 계속해서 뒤로 미룬 것은 그가 '복수'라는 문제를 그리 단순하게 보지 않았기 때문이다. 복수를 단순히 숙부인 클로디어스를 죽이는 문제라고 본다면, 햄릿에게 이는 그다지 어려운 일이 아니었다.

제3막 거트루드의 내실에서 벌어진 폴로니어스의 살해 장면을 보면, 햄릿은 이상한 소리를 들자마자 한 치의 망설임도 없이 칼을 겨누고 곧장 휘장 뒤를 찌른다. 바로 전 장면에서 기도하는 클로디어스를 두고 칼을 꺼내고 망설이던 것과는 사뭇 다른 모습이다(햄릿은 클로디어스가 회개하는 기도를 올리는 중에 죽으면 천국에 보내주는 꼴이 된다고 생각하여 복수를 미루기로 한다). 이는 햄릿에게 클로디어스를 죽이는 행위 그 자체는 그리 큰 문제가 아니었다는 점을 보여준다. 햄릿은 마음만 먹으면 왕에게 쉽게 접근할 수 있는 신분이었고, 검술 실력이 뛰어나다고 알려진 레어티즈와 비등하게 또는 우월하게 검술 대결을 펼친 것으로 보아 원수를 단칼에 해치울 수 있는 검술 실력도 갖추고 있었다.

그러나 햄릿에게 중요한 것은 단순히 원수 클로디어스를 죽이는 것이라기보다는 오히려 급격하게 변한 주변 상황과 자신의 위치를 정확하게 파악하여 대처하는 것이었다. 왕을 죽이고 난 후, 사람들에게 자신의 행동을 어떻게 변호할 것인가?

유령의 말을 믿고 저지른 짓이라는 것을 누가 믿어줄까? 자신이 미치지 않았다는 것을 사람들에게 어떻게 설득시킬 수 있을까? 유령의 말이 사실이기는 한 것일까?

나의 주변 사람들은 믿을 만한가? 숙부의 편은 누구이며, 내 편은 누구인가? 햄릿에겐 이 모든 상황이 온갖 질문과 혼란으로 가득했을 것이다.

덴마크 왕자의 신분으로서 햄릿은 정치적 암투와 권력 다툼이 가장 저열한 형태로 드러나고 있는(삼촌이 형인 왕을 죽이고 왕위를 빼앗은 것도 모자라 왕비와 근친상간적인 결혼하는) 엘시노어 궁전 한복판에 서 있기에, 그는 이제 누구를 믿을 것인지, 자신의 행동의 준거점은 어디에 두어야 할 것인지, 어떻게 생존할 것인지를 두고 고민해야 한다. 따라서 이 희곡에서 햄릿이 처음으로 하는 대사가 "친척보단 가깝고 혈육보단 멀지(More than kin, and less than kind)."라는 점은 의미심장하다.

이때 친족을 의미하는 단어 'kin'과 같은 종 또

는 성질을 의미하는 단어 'kind'는 단 한 음절만의 차이를 가질 뿐이다. 그러나 두 단어의 구별은 이러한 작은 차이에 의존하며, 햄릿은 이러한 차이의 중요성을 잘 알고 있다. 반면 형을 죽이고 근친상간적 결혼을 감행한 클로디어스는 이러한 '차이'와 '구별'을 무너뜨리는 존재다. 클로디어스로 인해 친족(kin) 간의 구별은 삼촌이자 아버지, 어머니이자 숙모, 조카이자 아들로 무너져버린다.

햄릿은 이처럼 어지러운 사회 속에서 자신이 홀로 서 있다는 것을 깨닫는다. 이 오염되고 부패한 사회에서 햄릿은 어떻게 행동해야 하는지, 또는 행동을 하기는 해야 하는 것인지, 혹은 '행동한다는 것'이 도대체 무엇인지 알아내거나 결정할 수 없다. 이러한 햄릿의 모습과 대조되는 극중 인물이 레어티즈다. 레어티즈는 자신의 아버지 폴로니어스가 죽었다는 소식을 듣자마자 '천벌도 두렵지 않'으며 '무슨 일이 닥쳐와도 내 반드시 아버지의 원수를 갚을 것'이라고 말하며 주저 없이 햄릿에게 복수하려 한다(제4막 제5장).

그와 달리 햄릿은 왕자로서 원수인 숙부의 죽음을 넘어서 이 세상의 법과 도덕 체계에 관해 고민한다. 햄릿은 스스로 이 "뒤틀린 시대"를 "바로잡기 위해 태어났다"고 독백하는데, 이는 그가 단순히 숙부에 대한 복수뿐 만이 아니라 "무언가 썩어버린" 덴마크 왕실의 질서, 국가의 질서, 나아가 세계의 질서를 바로잡으려 애썼다는 점을 보여준다.

그러나 옳고 그름을 흩뜨려 스스로 마음대로 법을 만들어내는 왕 클로디어스와 달리, 햄릿은 자신만의 법을 만들기에는 너무도 무력하다.

따라서 극중 햄릿은 왕위를 강탈한 자(클로디어스)의 칙령을 거스르고, 폐지하고, 대체할 방법을 찾는 데 골몰한다. 따라서 숙부 살해라는 단순한 복수 행위는 계속해서 지연된다. 그러나 이 복수 지연이야말로, 햄릿이 가진 유약하고 우유부단한 성격을 드러내는 것이 아니라 그가 주체적으로 사고하고 선택하여 행동하는 합리적 근대인이

었음을 보여주는 것이다.

주체적이고 합리적으로 사고하기 위해 햄릿이
선택한 방법은 '응시'다. 특히 햄릿은 미친 척 자
신을 가장한 채 타인을 관찰한다. 폴로니어스의
말처럼 엘시노어 궁전은 "신앙심이 두터운 표정
에 경건한 척한 행동으로 악마라도 감쪽같이 속이
는 일이 다반사"인 곳이기에, 숨겨진 진실을 파악
하기 위해서는 "보이지 않는 곳에서 보는"(seeing
unseen)것이 중요하기 때문이다. 따라서 이 극에
는 유난히 염탐하거나 감시하는 장면이 많이 등
장한다. 햄릿과 마찬가지로 서 있는 클로디어스와
그 일당들 또한 햄릿의 의중을 파악하기 위해 염
탐하거나 감시 활동을 벌인다. 제2막 제2장에서는
폴로니어스는 햄릿이 미친 원인을 파악하기 위해
햄릿과 만나고 클로디어스는 몸을 숨긴 채 이를
관찰한다.

제3막 제1장에서는 클로디어스와 폴로니어스
가 숨어 오필리어와 만나는 햄릿을 염탐한다. 그

러나 이러한 타인의 염탐과 응시를 이미 파악하고 있던 햄릿은 광증으로 자신을 위장하며 속내를 드러내지 않을 뿐 아니라 오히려 자신을 염탐하는 자들을 조롱하며 비웃는다.

예를 들어, 햄릿은 자신을 염탐하러 온 길든스턴에게 자신을 악기처럼 마음대로 다룰 순 없을 것이라고 일갈할 뿐 아니라, 폴로니어스에게는 저 구름이 무엇처럼 보이는지 계속 고쳐 대답하게 하거나(제3막 제2장), 말 많은 오즈릭에게는 매우 춥다느니 덥다느니 하며 모자를 썼다 벗었다 하게 만든다(제5막 제2장). 이처럼 햄릿은 자신을 염탐하러 온 사람들을 꾸짖거나 조롱하고 있다. 왜냐하면 누군가를 '응시한다'는 것은 응시당하는 객체에 대해 권력을 갖게 된다는 것을 의미하기 때문이다. 그는 응시의 중요성을 잘 알고 있었다.

이처럼 《햄릿》에서 '보여주기/보기'가 중요한 극적 장치로 등장하는 것은 극이 상연되던 당시의 시대적 상황과 사회 변화를 반영하는 것으로 보인다. 셰익스피어가 작품을 쓰던 때는 상업이 발달하고 무역을 통해 도시가 번성하는 등 초기 자본주의가 태동하던 영국의 엘리자베스 여왕 통치 시대이다. 이 당시 신분이 고정되어 있던 중세의 장원과 다르게 중간 계급인 상공업 인구가 급속하게 확대되었으며, 다양한 계층이 뒤섞인 도시들이 성장하고 있었다. 특히 도시의 발달은 태생이 다양한 사람들, 즉 여러 계급과 여러 마을 출신의 사람들이 한 공간에 모여 살게 함으로써 전통적인 신분 질서에 약간의 균열을 가져왔다.

누구의 아들이자 딸로 신분과 역할이 고정되어 있던 시골의 마을/중세 장원과 달리, 번잡한 도시에서 서로의 신분을 확인하기 위해서 그 사람의 의복이나 행동거지와 같은 외관을 관찰하는 것에 주로 의존해야 했기 때문이다. 이러한 변화를 통해 사람들은 자신에게 주어진 신분과 고정된 역할에서 벗어나 다른 계급의 역할을 '연기'하는 것이 가능할 수 있음을 배워 나갔다. 따라서 이제 사람들은 자신의 역할에 맞는 행동과 겉모습을 '보여주는' 것, 자신의 계급에 맞는 혹은 계급과 달리 멋진 겉치레와 행동거지를 '꾸며내는' 것의 중요성을 인식하게 되었다. 그렇기에 폴로니어스는 유학을 떠나는 아들 레어티즈에게 "주머니 사정이 허용하는 한 비싼 옷을 입되 야단스러운 차림은 안 된다. 고급스럽되 천박하지 않게" 입으라고 충고한다. 그의 말처럼 이제 "의복은 인격을 말해주기 때문"이다.

(제1막 제3장). 또한 성루에 나타난 유령이 선왕인지 아닌지 알 수 있게 하는 것은 유령이 입고 있던, 선왕의 문장이 새겨진 '갑옷'이라는 외관이었다(그렇지 않으면 굳이 유령이 갑옷 차림으로 나타날 이유가 있을까.)

이처럼 외관의 중요성, 보여주기와 보기의 역학에 대해 잘 알고 있던 햄릿이, 미친 척 연기를 시작했을 때 가장 먼저 한 행동도 옷매무새를 풀어헤친 차림으로 오필리어 앞에 나타나는 것이었다.

급변하는 사회에서 보이는 것과 보는 것이 중요해짐에 따라 사람들을 '볼 수 있는 능력'은 곧 힘이 된다. 따라서 햄릿은 연기를 통해 자신을 숨긴 채 주변을 응시하고 관찰함으로써 복수를 위한 힘을 키우고자 했다. 이것이 급변하던 권력의 암투 속에서 생존하기 위해 그가 취했던 (그러나 실패로 돌아간) 전략이었다. 이처럼 합리적인 이성을 지닌 근대인을 주인공으로 내세우는 이 극《햄릿》은 변화하는 당대의 사회 상황을 충실하게 반영하는 흥미로운 극으로, 셰익스피어 극 가운데서도 단연 최고의 역작이라 하겠다.

작가 연보

1564년 잉글랜드 중부에 위치한 스트랫퍼드 어폰
에이번(Stratford-upon-Avon)에서 아버
지 존 셰익스피어(John Shakespeare)와
어머니 마리 아덴(Mary Arden) 사이에서
8남매 중 셋째, 장남으로 태어났다. 당시
셰익스피어의 가정은 비교적 유복해 풍요
로운 소년 시절을 보냈다.

1575년 문법 학교에서 문법, 논리학, 수사학, 문학
등을 배웠다. 특히 성서와 더불어 오비디
우스의 《변신》은 셰익스피어에게 상상력

의 원천이 되었다.

1577년 가운이 기울어 학업을 중단했다.

1582년 여덟 살 연상인 앤 해서웨이(Anne Hath-
away)와 결혼했다.

1583년 5월 첫아이 수잔나(Susanna)가 태어났다.

1585년 2월 이란성 쌍둥이 아들 햄닛(Hamnet)과
딸 주디스(Judity)가 태어났다. 1582년 이
후 7~8년간 고향을 떠나 떠돌아다녔는데,
이 기간 동안 그가 어디서 무엇을 했는지
명확한 기록으로는 남아 있지 않다.

1593년 장시 《비너스와 아도니스》를 발표했다.

1594년 장시 《루크리스》를 발표했다. 《비너스와
아도니스》《루크리스》이 두 편의 장시로
그는 시인으로서의 명성을 확립했다. 런
던 연극계를 양분하던 궁내부 장관 극단
의 전속 극작가가 되었다.

1595년 《한여름 밤의 꿈》이라는 낭만 희극을 상
연하여 호평을 받았다.

1596년 아들 햄닛이 사망했다.

1599년 궁내부 장관 극단이 템스 강 남쪽에 글로
         브 극장(The Globe)을 신축했다.

1601년 아버지 존 셰익스피어가 사망했다.

1609년 《셰익스피어 소네트》를 출간했다.

1616년 4월 23일 사망했다. 고향의 홀리 트리니티
         (Holy Trinity) 교회에 안장되었다.

지은이 **윌리엄 셰익스피어**

William Shakespeare

영국의 극작가이자 시인으로, 1564년 잉글랜드 중부에 위치한 스트랫퍼드 어폰 에이번에서 아버지 존 셰익스피어와 어머니 마리 아덴 사이에서 8남매 중 셋째, 장남으로 태어났다. 시대를 반영하는 묘사, 탁월한 언어 감각으로 활발한 작품 활동을 벌였고, 생전에 '영국 최고의 극작가'로 명망을 떨쳤다.

수많은 희곡 중 셰익스피어를 대표하는 것이 바로 "셰익스피어 4대 비극". 『오셀로』, 『리어왕』, 『맥베스』, 그리고 이 4대 비극 중 가장 앞서 쓰였다는 『햄릿』이 바로 그것이다.

인간을 들여다보는 깊이 있는 시선은 셰익스피어가 쓴 작품들에 길고 긴 생명을 부여한다. 여전히 많은 이들이 셰익스피어가 그려낸 인물들을 파고들고 해석하는데, 문학에서 찾아낼 수 있는 모든 가치를 그의 작품에서 엿볼 수 있다. 그는 1616

년 4월 23일에 사망했으며, 고향의 홀리 트리니티 교회에 안장되었다.